JN266697

光文社文庫

王子二人

アルスラーン戦記②

田中芳《よし》樹《き》

光　文　社

目次

主要登場人物

アルスラーン……パルス王国第十八代国王《シャーオ》アンドラゴラス三世の王子
アンドラゴラス三世……パルス国王
タハミーネ……アンドラゴラスの妻でアルスラーンの母
ダリューン……アルスラーンにつかえる万騎長《マルズバーン》。異称「戦士のなかの戦士《マルダーンフ・マルダーン》」
ナルサス……アルスラーンにつかえる、もとダイラム領主。未来の宮廷画家
ギーヴ……アルスラーンにつかえる、自称「旅の楽士」
ファランギース……アルスラーンにつかえる女神官《カーヒーナ》
エラム……ナルサスの侍童《レータク》
イノケンティス七世……パルスを侵略したルシタニアの国王
ギスカール……ルシタニアの王弟
ボダン……ルシタニア国王につかえる、イアルダボート教の大司教
ヒルメス……銀仮面《ぎんかめん》の男。パルス第十七代国王オスロエス五世の子。
アンドラゴラス三世の甥《おい》
暗灰色《あんかいしょく》の衣の魔道士《まどうし》……？
ザッハーク……蛇王《へびおう》

……荒涼たるマザンダラーンの野に
カイ・ホスローの王旗ひるがえれば
邪悪なる蛇王《ザッハーク》の軍勢は逃げまどいぬ
春雷《しゅんらい》におびえたる羊の群のごとくに

鉄をも両断せる宝剣ルクナバードは
太陽のかけらを鍛えたるなり
愛馬ラクシュナには見えざる翼あり
世界の覇王《ジャハーン・ギール》にふさわしき名馬ならん

天空に太陽はふたつなく
地上に国王《シャーオ》はただひとり！
たぐいなき勇者カイ・ホスロー
剣《つるぎ》もて彼の天命を継ぐ者は誰《た》ぞ……

作者不詳（カイ・ホスロー武勲詩《ぶくんし》抄《しょう》）

北
西
東
南
マルヤム
ダルバンド内海
トゥラーン
バシュル山
ダイラム
チュルク
デマヴァント山
エクバターナ
ペシャワール城
大陸公路
シンドゥラ
パルス
旧バダフシャーン
ミスル
パルス

第一章　カシャーンの城塞

I

部屋の四方に、重く湿った闇《やみ》がわだかまっている。

その部屋は地下深くにあった。地下牢《ディーマース》ではないが、環境はまったくそれと同じであった。地上はパルス国の王都エクバターナであり、そこはいま、侵略者たるルシタニア国の大軍に支配されている。だが、かぼそいランプの光を受ける暗灰色《あんかいしょく》の衣の老人は、地上の変動など気にとめたようすもなかった。

老人は、そまつな椅子《いす》に身体《からだ》をうずめて目をとじていたが、ふいにそれを見ひらいた。眼球が動き、ランプの光をにぶく反射させた。

「来ておるか……」

老人の唇から低い声がなめくじのように忍び出た。

「グルガーン、来ておるか?」

闇が、まるで風をはらんだ帆のようにゆれて、そこから、べつの声が応じた。

「尊師《そんし》、グルガーン参上《さんじょう》いたしました」

「他《ほか》の六名は、ともないきたであろうな」

「おおせのごとく、すべて尊師の御前にひかえておりまする」

闇のなかに、闇の色の長衣をまとった男たちの輪郭《りんかく》がうかびでてきた。

「グンディー、尊師の御前に参上いたしました」

「プーラード、参上いたしました」

「アルザング、参上いたしました」

「ビード、参上いたしました」

「サンジェ、参上いたしました」

「ガズダハム、参上いたしました」

老人は目を細めて、うやうやしくひざまずく男たちの姿を見やった。闇のなかにわだかまる姿が、老人にはよく見えるのか、それともべつの理由からか、前方へ出てくるようにと命じはしなかった。

「汝《なんじ》ら七人の力は、あわせて一万の兵にもまさろう。その力を、蛇王ザッハークさまの僕《しもべ》たるわしに貸してくれるであろうな」

男たちを代表して、グンディーが答えた。

「すべてこれ、尊師の御教えにしたがい、わが主たる蛇王ザッハークさまの再臨《さいりん》を実現させるために、さずかった力でございます。お貸しせずに何といたしましょうか。どうぞ何なりとお命じくださいませ」

「汝らの生命《いのち》をも、さしだすよう望むかもしれぬぞ」

「蛇王ザッハークさまの栄光のためなれば、ひととき地上に宿りたるのみの生命、惜しゅうはございませぬ。そのようなお疑いは、なさけのうございます」

「よう言うた」

老人は瘴気《しょうき》のような息をはきだした。満足したようであった。

「蛇王ザッハークの栄光を欲する者には、かならずご加護があろう。汝らは蛇王の御為《おんため》に、のぼせあがった異教や邪教の者どもを滅ぼさねばならぬぞ」

老人は闇を見すかし、一点に視線をとめた。

「アルザング！」

「はい、尊師」

「汝の誇りとするは、何の術であったか」

「地行《ガーダック》の術でございます、尊師」

「ふむ、地にひそみ地中を走るか……」

老人は考えこんだが、長いことではなかった。

「よし、汝に命じる。汝の術をもって、ルシタニア軍の陣営へおもむき、名のある将軍を一名、葬ってまいれ」

ルシタニア軍は、老人の棲《す》む部屋の、地上を支配している。その数は三十万にとどくという大軍である。なのに、老人の命じようは、林で木《こ》の実をひろえとでもいうように、無《む》造作《ぞうさ》であった。

命令を受けるほうも平然としていた。

「かしこまりました。手ごろなものをみつくろって、ご命令を実行いたします。首は持ち帰りましょうか」

「たいして見る価値もあるまい。ところで、ルシタニアの将軍を汝に殺させる理由は、わかっておろうな」

「強きを弱め、弱きを強めることが、混乱を長びかせ、流血をふやすことにつながる。それが尊師のお考えでございましょう？」

「そのとおりじゃ。流れる血の量が多いほど蛇王ザッハークさまの再臨は早まろう。では行くがよい。他の者はあらためて命令を待っておれ」

暗黒のオーロラが音もなくゆれ、男たちの気配が消えていった。

ただひとり、グルガーンが残った。ためらいつつも、心を決したように口をひらく。

「尊師、僭越《せんえつ》ながらひとつおたずねしたいことがございます」

「わかっておる」

老人はせきこむようにみじかく笑った。

「流血をふやすなら、ルシタニア軍をなお兇暴《きょうぼう》にふるまわせてもよいものを、なぜそうせぬのか、と言うのであろう」

「はい、尊師には何も隠せませぬ」

「理由はふたつある。ひとつは、そういった被害をうけることによって、なおルシタニア軍は兇暴になって復讐をはかるであろうこと。いまひとつは、アトロパテネではルシタニア人どもにちとよい目を見させすぎたからの、すこしは奴《やつ》らに痛い思いをさせねば不公平であろうて」

「おそれいりました。ところで、ルシタニア軍に刃むかうべきパルスの王子は、いまどこにおりましょうか」

「王太子アルスラーンか？　あやつはいま、王都から南の方角におるようじゃ」

「放っておいてよろしいのでございますか」

その質問に、老人は笑声《わらいごえ》でこたえた。湿った空気のなかを、ひからびた笑声がただよっていった。

「かまわぬ、わしらの道術を使うまでもない。アルスラーンめの首をほしがる者は、いくらでもおる。やつらが目の色かえて、あの未熟な子供を追いまわすであろうさ」

「ヒルメス王子もそのひとりでございますな」

グルガーンのことばが、ふたたび、怪異な老人を笑わせた。

「あやつも、悲劇の主人公ぶってはおるがの。わしに言わせれば、とんだ道化師じゃて。アルスラーンめを、にくきアンドラゴラスのかたわれと思いこんでおるが、ふん、真実を知ったら、火傷《やけど》しておらぬほうの半面が、さぞ青ざめるであろうよ」

老人は片手をあげた。退出を命じる合図であった。グルガーンの姿は闇のなかでさらにぼやけ、やがて室内から、彼の存在する気配は完全にうしなわれた。

II

ニームルーズの山嶺《さんれい》は、パルス王国の国土のほぼ中央、やや南よりの地域を、東西に二百ファルサング（約千キロ）の長さにわたってつらぬいている。

それほど高い山々ではないが、パルスの気候と風土は、この山地によって完全に二分される。ニームルーズの北は、適度の雨量にめぐまれ、冬には雪もふる。針葉樹の森と草原がひろがり、穀物と果実が豊かにみのる。いっぽう、分水界《ぶんすいかい》をこえて南に出ると、太陽は灼熱《しゃくねつ》し、空気と大地はかわき、点在するオアシスのほかには砂漠と岩場と草原が多く、森はない。

それでも、山地から南方へ流れて海へそそぐオクサス川の水量は、雪どけ水と地下水を集めて豊かである。この川の水を利用して、水路が走り、周囲の畑や牧草地をうるおす。そして、オクサス川の河口には、名だかい港町ギランがあり、海路をへて遠く絹の国《セリカ》まで通じている。

山には雪豹《ユーズ》が棲《す》み、山の南には獅子《シール》や、ときとして象もいる。山の北には熊や狼の姿が見られる。また、山にはいくつかの峠ごえの道があって、パルスの広大な国土を南北につないでいるが、隊商《カラバン》の鈴の音《ね》がないかぎり、それらの道はごく静かにひそまりかえっている。

……静かなはずの山道を、たけだけしい馬蹄《ばてい》のとどろきが走りぬけていった。パルス暦三二〇年の、秋も終わろうとする一日のことである。

パルスの軍装をした五騎が、山道を駆け、百ガズ（約百メートル）ほど離れて、ルシタニアの軍装をした数百の騎馬隊が、殺意もあらわにそれを追っていた。五騎のうち、ふたりはまだ少年、ひとりは長い髪の女である。残るふたりのうち、赤紫色の髪の若者が、もうひとりに大声で話しかけた。

「よくたしかめなかったが、追手の数は？」

「五百騎というところか」

「ちと多いな。四百騎までなら、おれひとりでもどうにかなるが」

男は返答せず、髪の長い女が口をはさんだ。

「ナルサス卿《きょう》、ギーヴのたわごとなど相手になさらぬことじゃ」

さらに女は、そばを走る少年に声をかけた。

「殿下《でんか》、もうすぐダリューン卿が兵をつれてまいりましょう。ご辛抱くださいまし」

目にまばゆい黄金の冑《かぶと》をかぶった少年は、大きくうなずいた。彼こそが、パルス王国の王太子アルスラーンであった。いまひとりの少年はエラムという。ナルサスの侍童《レータク》である。

アトロパテネの会戦でルシタニア軍に敗れ、父王アンドラゴラス三世とはなればなれになった彼は、黒衣の騎士ダリューンをふくむたった五人の部下に守られる身だった。いまダリューンは、ニームルーズ山中にある城塞《じょうさい》カシャーンへ、ひと足さきにおもむいている。カシャーンの城主ホディール卿に助力を求めるためである。

半日おくれて山道にはいりこんだアルスラーンたちは、掠奪《りゃくだつ》と偵察のために近辺をうろついていたルシタニア軍の一部隊に発見されてしまったのだった。

肩ごしに追手を見やったファランギースは、まがりくねった山道で、自分たちの行手に夕陽《ゆうひ》があることをたしかめると、にわかに弓をとり、矢をつがえた。馬上で半身をねじり、ねらいさだめて射る。

ファランギースの矢は、先頭にたつルシタニア兵の大きくひらいた口のなかに飛びこんだ。「がっ」と、異様な叫びを発して、兵士の身体は鞍上《あんじょう》から一転し、味方のあげる砂煙のなかへ没しさる。

「おみごと」

賞賛したギーヴが、自分もポプラでつくった弓に矢をつがえると、あらたに追手の先頭に立ったルシタニア兵めがけて射放した。

細い銀色の光が宙を走り、ルシタニア兵の胸に吸《す》いこまれる。

兵士は胸甲《きょうこう》をつけていたが、矢はその中央つぎ目の部分をつらぬいて、兵士の肉体にくいこんでいた。兵士は無言のまま鞍上にのけぞり、そのまま数十ガズ（数十メートル）

の距離を走った後、力つきて落馬した。

あいつぐ弓の妙技を見せつけられて、ルシタニア軍は、さすがにひるむ色を見せた。馬の手綱《たづな》をしぼり、追跡の速度をゆるめる。そして今度は、ルシタニア軍から、アルスラーン一行めがけて矢が放たれた。

数十本の矢が飛んだが、命中したものは一本もなかった。もともとルシタニアの弓は、パルスの弓にくらべて材質が弱く、矢のとどく距離がみじかい。くわえて、追う者も追われる者も、風上にむかって走っていた。ファランギースらの放った矢は、風に乗って、より遠くへとどき、ルシタニア軍の矢は、風にさからって、より勢いを弱められたのであった。

ルシタニア軍が、実りのない反撃にかかずらわっている間に、アルスラーンたちは追手との距離を一アマージ（約二百五十メートル）にも引きはなしてしまった。アルスラーンやエラムは、騎手として完全に一人前とは、まだ言えないが、騎馬の民たるパルス人であった。ルシタニア人など足もとにもおよばない疾走ぶりである。

気をとりなおしたルシタニア軍が、隊形をたてなおし、逃走者たちを追って断崖の端をまわった。

その瞬間、彼らには理解できないパルス風の角笛《フォルン》の音がひびきわたり、周囲の山々にこだました。崖の上に、黒衣の騎士が馬を立て、夕陽の光をあびている姿を目にした者もいるだろう。おどろく間もなく、山峡の強風もろともに、矢の雨がふりそそいできた。

左右に散開しようもない山道である。ルシタニア軍は人馬ともに悲鳴を発して倒れてゆく。それも長くはなかった。追跡も抗戦も断念した彼らは、馬首をめぐらし、後も見ずに死地から逃げだしていった。もしパルスの王太子をとらえそこねたと知ったら、後でさぞくやしがることであろう。

ダリューンがカシャーンの城塞から、援軍を案内してきたのだった。用兵にすぐれたダリューンは、弓箭兵《きゅうせんへい》を山道の左右の崖上に配置し、機先の攻撃で、ルシタニア軍を追いはらったのである。

再会をよろこびあう彼らの前に、やがて、カシャーンの山城の城門が見えてきた。城門の前に、やや肥満ぎみの、絹服をまとった男が馬をたてている。パルス諸侯《シャフルダーラーン》のひとり、ホディール卿であった。

貴族のなかで、領地と私兵を持つ者を「諸侯《シャフルダーラーン》」と呼ぶのだが、これはパルス全土で百人ていどしかいない。他の貴族たちは、国王《シャーオ》から多額の俸給を受けて、文武の高官として宮廷につとめるわけである。むろん、なかには、俸給を受けても仕事がなく、遊びまわっている者も多いのだが。

ナルサスの死んだ父テオスも、諸侯のひとりとしてダイラム地方を領有していた。ナルサスは大貴族の若さまだったのだが、彼の母親はテオスの正式な妻ではなかった。身分の低い自由民《アーザート》の出身で、テオスが二十番めか三十番めに愛した妾《めかけ》のひとりでしかなかったのだ。

彼女は、男の赤ん坊、つまりナルサスを生んだ後、テオスの正妻に屋敷を追い出されてしまった。ただ、生活費だけは充分にもらっていたので、彼女は幼い息子をつれて王都エクバターナに移り住んだ。

ナルサスは町で成長し、自由民《アーザート》の子供たちと、町の学校で机をならべて勉強した。十歳になったとき、父親の使者がむかえにきた。テオスにはナルサスの他に十人ほどの子供がいたが、どういうものか、すべて娘であった。おそろしい正妻が、羊肉料理の中毒で急死したため、テオスはただひとりの息子を後継者にする決心をしたのだった……。

そして、カシャーンの山城と、付近一帯の領主であるホディールにも、息子がいないということだった。「どんな大貴族だろうと、思いのままにならぬことがあるものだな」とギーヴが意地悪く言ったものだが。

アルスラーンを城内にむかえたホディールは、上機嫌であった。

「アトロパテネの敗北を知りましてより、国王陛下《シャーオへいか》と王太子殿下とのご安否を気づかっておりました。ですが、私ひとりの力をもってしては、ルシタニアの大軍に復讐戦をいどむ術《すべ》もなく、ただ心を痛めるだけでございました。自《みずか》らの無力を、はがゆく思っておりましたところ、今日、ダリューンどのが、わが居城へ見えられ、私めに、殿下への忠誠をしめす機会をくれたのでござる」

感激しきったようにしゃべりまくるホディールの姿を、うさんくさそうに見ていたギーヴが、そばの女神官《カーヒーナ》にささやきかけた。

「ファランギースどの、あの男をどう思う?」

「よくしゃべる男じゃ。舌に油でも塗っているのであろう。それも、あまり質のよい油とも思えぬな」

美しい女神官の批評は辛辣《しんらつ》だった。彼女は、ホディールとちがって一兵を持ちあわせるでもなく、自分ひとりの身で、アルスラーンの不利な戦いに参加したのである。ホディールの絢爛豪華《けんらんごうか》なおしゃべりなど、言いわけとしか聞こえないであろう。したり顔でギーヴがうなずいてみせた。

「まことに、おしゃべりな男は、そのことでかえって不実をさらけだすものだな、ファランギースどの」

「誰かのようにな」

ファランギースにあてこすられても、ギーヴは気を悪くしたようすもなかった。

「まあ、しかし、善人だろうと悪人だろうと、それで葡萄酒《ナビード》の味が変わるものでもない」

祝宴は豪華なものだった。肉も酒もふんだんにあったが、肉はともかく酒のほうは、アルスラーンには無用のものだった。果糖水《シャルバット》や紅茶《チー》で口のなかを湿しながら、一方では多すぎる料理をもてあましていた。

巴旦杏《アーモンド》と糖蜜《とうみつ》をいれた柘榴《ざくろ》のシャーベットを、アルスラーンが銀のさじで口に運んでいるとき、ふいにホディールがささやいた。

「殿下、私には娘がおります。年は十三、父親の私から見ましても、充分に美しく、また利発であるように思われます。もし殿下のおそばにつかえさせていただけるなら、娘にとってもこれ以上の幸福はございませんが……」

あやうくアルスラーンは、シャーベットをはきだしてしまうところだった。むせかえって返事もできない王子を、離れた席から、彼の部下たちは、半ばおかしそうに、半ば気づかわしそうに見まもっていた。

III

祝宴の後、アルスラーンとファランギース、それに他の四人は、それぞれべつの部屋をあてがわれた。一室におしこめられたダリューン、ナルサス、ギーヴ、エラムの間では、祝宴のありさまが話題になった。

「ホディールのねらいは、娘を新王の妃《きさき》とし、外戚《がいせき》として権勢をふるうことらしいな」

皮肉っぽく、ナルサスは微笑した。パルスの歴史に何度も例のあることである。

「と、彼の本心がわかったからには、放任しておいてよいものでもあるまい」

ダリューンは、やや不機嫌である。王子と離されたことが気になっていた。彼は、王子の寝室の扉の前に毛布をしいて寝るつもりだったのだが、ホディールに拒絶されたのである。

ホディールは三千の騎兵と三万五千の歩兵を動かすことができる。それに、ホディールがアルスラーン殿下を擁《よう》して起《た》つとなれば、他の諸侯《シャフルダーラーン》がそれに呼応することを、充分に期待できる。だからこそ、アルスラーンたちは彼の居城を訪ねたのである。できるなら彼を敵にまわすことは避けたいところなのであった。

片手でかるくあごをおさえながら、ナルサスは考えこんだ。

「……しかし、むこうがこちらを敵にまわしたいと思っているなら、まあしかたあるまいて……」

扉を低くたたく音がした。剣を片手に、ギーヴが誰何《すいか》したが、アルスラーン王子と知って、いそいで扉をひらいた。アルスラーンは、祝宴の席からこちら、部下たちと引きはなされて、相談をもちかけることもできなかったのだ。

「ホディールは私に、ふたつの条件を出したのだ」

ひとつは、彼の娘を将来の王妃《おうひ》とすること。そしてもうひとつは、奴隷《ゴラーム》を解放するなどという、パルスの伝統をうちくだくような過激な改革をつつしむこと。

「先ばしるものではないか。まず軍勢をあつめてルシタニア軍と戦い、王都をうばいかえし、父上と母上を救いだしてからのことなのに」

「それで、殿下はどうお答えになりましたか」

「すぐには返答できない、明日じゅうに返事すると言っておいた。それでいいか？」

「それでよろしいでしょう」

「まったく、彼は何を考えているのか。私はその娘とやらに会ったこともないのに」

きまじめに不愉快がる王子の表情を見て、わずかにナルサスは口もとをほころばせた。

「ホディールの心底《しんてい》は、私にも完全にはわかりかねます。いや、彼自身、おそらく迷っておりましょう。殿下をおしたててパルスの国土を解放し、あらたな国王《シャーオ》のもとで権勢をほしいままにするか……」

それとも、アルスラーンの首を手みやげとして、ルシタニア軍に降伏し、恩賞をうけとるか。いずれにしても、口数の多すぎるカシャーンの城主は、ふところに飛びこんできた王子を、自分自身の欲のために、最大限に利用するつもりであろう。そして、それには、どうしても、ダリューンやナルサスがじゃまであり、排除しようとこころみるにちがいなかった。

「おそらく今夜のうちに、ホディールは行動をおこすでしょう。お疲れとは思いますが、殿下、いつでもご出発なされるようにご用意を。他のことは私どもがかたづけます」

そう言って、ナルサスはアルスラーンを部屋に帰したのである。さらに彼は、エラムの耳に何かささやいた。うなずいたエラムは、窓をあけて、五ガズ（約五メートル）ほど下の地上にいる衛兵たちに気づかれぬよう外に忍び出ていった。

一時間ほどして、もどってきたエラムは、片手に持ったものをナルサスに差しだした。ナルサスは鼻を近づけて匂いをかぐと、低く笑って、それを水がめのなかに放りこみ、蓋《ふた》をした。それは黒蓮《レセーン》の茎からしぼった汁と、香油と、ケシの葉の汁とをまぜあわせて練りかためたもので、眠りをさそう無色無臭の煙を発するのである。エラムはそれを、天井裏にもぐりこんで発見したのだった。

「ホディールめにふさわしい小細工だ。どうやら、こちらも遠慮する必要はないらしい。どうせ王子がこの部屋にいらしたことは奴も知っているだろう」

「そうか、遠慮の必要はないか。では、それまで英気をやしなっておこう」

ことがおきるまでひと休みをきめこんだギーヴが、部屋の隅で毛布にくるまるのを見て、ダリューンが親友にささやいた。

「ナルサス、ひとつおぬしの意見をききたい。考えるのも恐ろしいことだが、アルスラーン殿下が先王オスロエス五世陛下の遺児であるということはあるまいな」

戦場では恐怖というものを知らぬ勇者が、このときは不安をかくしきれないようすだった。こんなときにこんな話題を持ちだすのも、自分ひとりで考えるのに耐えきれなくなったからであろう。

ナルサスは腕を組んだ。

「それはおれも考えないではなかった。だが、オスロエス五世が亡くなったのは、三〇四年の五月だ。アルスラーン殿下のご誕生は、三〇六年の九月。二年四か月の差があるのでは、殿下がオスロエス王の落胤《らくいん》であるという可能性はない」

「そうか……」

ほっとしたように、ダリューンはうなずいた。ナルサスのほうは、自分で自分を安心させることができそうになかった。彼は一枚の古びた紙片を、旅行用の厚い木綿袋からとりだし、カーペットの上にひろげた。

それは初代カイ・ホスローにはじまって、十八代アンドラゴラス三世にいたる、パルス王家の系図であった。

「系図を見てみろ、ダリューン。パルス王家の歴史で、アンドラゴラスを名乗る国王《シャーオ》は三人。この三人には、共通点がひとつあるが、わかるか？」

ダリューンはわずかに眉をしかめ、視線をナルサスの顔から系図へとうつした。彼らに背をむけて毛布にくるまったギーヴも、興味しんしんで全身を耳にしている。そのことをナルサスは知っていたが、べつにとがめだてしなかった。ほどなく、ダリューンはひとつの発見を口にした。

「アンドラゴラスとオスロエスの関係か？」

「そう、そういうわけだ。アンドラゴラス一世はオスロエス三世についで即位した。アンドラゴラス二世はオスロエス四世の後をついだ。そして……」

現在、行方不明のアンドラゴラス三世は、オスロエス五世の死後に登極《とうきょく》している。アンドラゴラスという名の王は、三人が三人とも、オスロエスという名の王につづいて即位しているのだ。最初の例は、何の問題もない。二度めの例は、偶然であろう。だが、三度めは偶然といえるかどうか。

そう大仰《おおぎょう》なものでもないと、ナルサスは思うが、先々代の大王ゴタルゼス二世が、ふたりの王子にオスロエス、アンドラゴラスと名づけたとき、廷臣や貴族のなかに眉をひそめた者がいたことは事実であった。あえて兄弟に王座を争わせるか、と。

ゴタルゼス二世は、大王と呼ばれるだけあって、英明な君主であったが、しいて欠点をあげるなら、迷信ぶかく、やたらと縁起をかつぐことであった。まともな神官だけでなく、えたいの知れない予言者やら魔道士らを信用して、重臣たちをこまらせたものだ。

「ダリューン、おぬしは予言というやつを信じるか？」

ナルサスに、ふいにそう問われて、ダリューンはすこしおどろいた。

「そうだな、おれは信じぬ。というより、信じたくない。おれのやること、考えることが、太古《たいこ》の予言者とやらに見とおされていると思うと、気色《きしょく》がよくない」

ダリューンは、かるく苦笑しつつ答えた。

「おれはおれの意思で生きる。成功も失敗も、おれ自身の責任だと思いたいな」

「まことに、おぬしは勇者の名に値《あたい》する男だ。だが、世のなかには、そうでない人間のほうが、はるかに多い。かのゴタルゼス大王でさえ、予言にまどわされた」

「ナルサス、おぬし、何を言いたいのだ」

「すまぬ、ダリューン、もうすこし待ってくれ。まだ考えがまとまらぬし、証拠もすくない。遠からず話すから」

ダリューンは無言でうなずいた。

ナルサスはひとり考えに沈んだ。

予言が実現するとすれば、それは二つの場合にかぎられる。ひとつは、自然を律《りつ》する法則を人間が発見した場合だ。これが知識として一般化すると、予言などと呼ぶのは、ばかばかしいほどのものになる。たとえば、「冬の後には春がくる」とか、「明日の満潮は昼ごろだ」とかいうたぐいのものだ。そしていまひとつは、予言を信じこんだ者どもが、予言を実現させるために、行動をおこす場合だ。ナルサスが考えこんでいるのは、第二の場合についてであった。

いま、この国は昼夜をとわず、百鬼《ひやっき》の横行する魔境と化しつつある。アンドラゴラス王が、理想的な君主であったなどと、ナルサスは思わない。しかし、とにかくアンドラゴラス王は、パルス国をささえる力づよい柱ではあった。

その柱が、どうやらうしなわれてしまったようだ。まだ十四歳の王太子アルスラーンが、あたらしいパルス国の柱になれるかどうか。

それは王家だけの問題ではなく、パルス全土の命運にかかわってくるのだった。

Ⅳ

神々が夜空に巨大な宝石箱をなげうったような、満天の星であった。

星の光を受けた地上では、黒々とした人影がうごめいていた。甲冑《かっちゅう》を身につけた百人ばかりの男たちが、石畳をしきつめた中庭に勢ぞろいしている。彼らの前には、場ちがいなほどきらびやかな甲冑を着こんだ男がいた。城主ホディールであった。ことばでも、服装でも、必要以上に自分をかざりたてずにいられない男なのであろう。

ダリューンらが、薬によって眠りこけていることを、ホディールは確信していた。やがて兵士の一団を引きつれたホディールは、アルスラーンの寝室の前に立って、樫《かし》の扉をたたき、王子を呼んだ。

「何ごとか、ホディール？」

扉をあけた王子は夜着にきかえてはいなかった。これはナルサスの指示であった。一瞬、ホディールは意外に思ったが、すぐそれを押しころした。

「ダリューン、ナルサス、その他、殿下のおそばにあって、殿下の害になる者どもを、これから排除いたします。殿下のご許可をいただきたく存ずる」

「彼らは私によくつくしてくれている。それを排除するという理由は何か」

「彼らはいずれ奸臣《かんしん》となり、後日、殿下と祖国とに害をなすことは明白でござる」

「何をばかな……」

王子にきめつけられて、ホディールは、声を高くした。

「すべては王太子殿下の御為でござる。あのナルサスなる者、智略《ちりゃく》にめぐまれながら、なぜアンドラゴラス王のご不興《ふきょう》をこうむったと思《おぼ》しめすか。奴隷制度を廃止するとか、神殿の資産を没収するとか、貴族と自由民《アーザート》に同じ法を適用するとか、パルス国の礎《いしずえ》をあやうくするような、過激なことを主張したからでござるぞ。たとえルシタニア軍を追いはらったとて、ナルサスめのような輩《やから》に国政をほしいままにされたのでは、滅亡よりもなお悪うござる。おそらく、あの男、身のほど知らずにも、殿下に高い地位を要求したのではございませんか？」

息つく間もなく流れでる、ことばの濁流《だくりゅう》が、王子を窒息させそうだ。ようやく反論する。

「ナルサスは何も要求しなかった。私のほうから、ささやかな地位を申し出ただけだ」

アルスラーンの体内で、不快感が急速に大きくなっていった。なぜホディールはこれほど他人をおとしめなくてはならないのか。それも、将来おこるかもしれぬ、と、彼が勝手に考えていることをもとにして。

「ホディール、おぬしが宰相《フラマータール》の地位を望むなら、私が王位についた後に、かならずおぬしを宰相にしよう。だから、ダリューンやナルサスたちと協力して、私を助けてもらうわけにはいかぬか」

残念ながら、そうはいきませぬ、と、ホディールは言い放った。またしても、ことばの濁流であった。

ダリューンはナルサスの親友であり、政治に対する考えも似たようなものであろう。フアランギース、ギーヴと名乗る二名は、何を考えているやら、信用がおけない。結局、アンドラゴラス王のもとでうだつのあがらない連中が王子を利用しようとしているのだ。どうか彼らを見すてて、この自分、ホディールに身柄をあずけてほしい……。

アルスラーンは片手をあげて、ようやくホディールのおしゃべりを中断させた。

「もし、いま、おぬしの言うとおりにすれば、私はナルサスやダリューンを捨てることになるな」

「それはそうなりますな」

「私には、おぬしの考えていることがわからない」

アルスラーンは、ほとんど叫んでいた。

「ダリューンやナルサスを私が捨てて、おぬしを選んだとして、今度はおぬしを捨てる日がこないと、なぜ言える!?」

口をあけただけで、ホディールは返答しない。

「ナルサスの悪口を、おぬしは言いたてる。だけど、ナルサスは、私に一夜の宿をあたえておいて、だまし討ちになどしなかったぞ!」

アルスラーンのいだく怒りと軽蔑の思いを、ホディールは感じとったのであろう。表情がけわしいものになった。

「世話になった。いずれ今日の食事のお礼はさせてもらう。だが、もう、おぬしに味方になってほしいとは思わない」

そう言いすててアルスラーンは、口数の多すぎる城主に背をむけると、足音たかく、石畳の廊下を歩みながら、部下たちの名を呼んだ。

「ダリューン!　ナルサス!　ギーヴ!　ファランギース!　エラム!　起きてくれ、すぐにこの城を出る」

ホディールが失敗をさとったのは、つぎの瞬間であったかもしれない。扉があいて、廊下に姿をあらわした五人は、王子と同じく、すでに服装をととのえていた。ダリューンの黒い甲冑が、たいまつの光を受けてかがやいた。

「ご命令をお待ちしておりました。すぐに馬の用意をいたしましょう。このような場所に長居は無用と存じます」

「いい女もいそうにないしね」

と、ギーヴが陽気に受けた。

六人が建物の外に出て、馬に鞍《くら》をおき、石畳のしきつめられた中庭に出てくると、狼狽《ろうばい》したホディールが、はですぎる甲冑をゆすりながら小走りに近づいてきた。

「お待ちくだされ、殿下、お待ちくだされ。その者どもは、忠義づらして、殿下をよこしまな道にさそいこもうとしておるのですぞ。許しがたい悪人どもでござる」

黒衣の騎士がひややかな眼光をむけた。

「それはおぬしのほうだろう、ホディール。アルスラーン殿下を傀儡《かいらい》にしそこねたからといって、やつあたりするのはやめてほしいものだな」

ホディールの顔が怒りにひきつり、それがダリューンの指摘の正しさを証明した。だが、表情が急に変わった。こわばった笑いではあるが、とにかく城主は笑いを浮かべて言った。

「無用のうたがいをまねいたのは、わが身の不徳。もはや、おとめはいたしません。せめて殿下のご乗馬のくつわを、わが部下にとらせましょう」

城主の合図をうけて、ふたりの兵士がアルスラーンの乗った馬に近づいた。

流血が生じたのは、つぎの一瞬である。

ひとりはギーヴの剣で咽喉《のど》をつらぬかれ、ひとりはファランギースの剣で片耳を斬りとばされていた。

絶叫が星空へむけて噴《ふ》きあがった。ひとりが地にくずれおち、ひとりが血のほとばしる横顔をおさえてよろめくと、かくし持たれていた二本の短剣《アキナケス》が馬の足もとにころがった。

ファランギースがするどく城主を見すえた。

「王太子殿下に近づくに、短剣をかくしもつとは、何の謂《いい》あってのことか。それとも、ニームルーズ山より南では、これが王侯に対する礼儀とでも言うか」

返答はなかった――声に出しては。

王子を捕囚《ほしゅう》としようとする意思を、ホディールはもはや隠そうとしなかった。数十本の剣が、王子たちの周囲で鞘走《さやばし》りの音をたてる。

「おとなしく出ていかせたほうが、おぬしのためだぞ、ホディール」

ダリューンの長剣が星の光を反射し、ホディールの部下たちは、あきらかにひるんだ。

「戦士のなかの戦士《マルダーンフ・マルダーン》」の勇名は、彼ら全員が、目と耳のどちらかで知っている。三年前には、大陸公路にならびなき豪勇をうたわれたトゥラーンの王弟を、馬上から一撃に斬っておとしたダリューンであった。

「弓箭兵――」

ホディールの声に、狼狽の叫びがこたえた。弓箭隊の弓が、ことごとく弦《つる》を切断されて、使えなくなっていたのである。

「エラム、よくやった」

ご主人さまにほめられて、侍童《レータク》の少年はうれしそうに笑った。エラムは、ナルサスに頼まれて、ホディールの弓箭隊の詰所にしのびこみ、弓の弦をすべて切断しておいたのである。

ホディールは顔から蒸気をふきあげんばかりだった。ナルサスをにらみつけ、顔じゅうを口にしてののしる。

「こ、この狡猾《こうかつ》な狐めが！」

「何の、おぬしの足もとにもおよばんよ」

ナルサスは言ったが、むろんこれは謙遜《けんそん》ではなくて、いやみである。

「さて、カシャーンのご城主、こちらには数はすくないが、弓矢もあれば射手もいる。賢明なおぬしのことだ、城門を開いてわれらを送りだすという考えに、ご賛同いただけると思うが……」

ホディールは血走った目をギーヴとファランギースにむけた。ふたりは馬上で弓をとっており、二本の矢がホディールの胸をねらっている。たとえそれをかわしたところで、ダリューンかナルサスかの剣がおそいかかってくることは明白であった。

いやいやながら、ホディールが城門をあけるよう命じかけたとき、中庭を照らしていたたいまつの火が、ふいに消えた。

「王太子をとらえろ！」

叫びがおこった。ホディールの部下が、主君の野心達成を助けようとしたのであった。わっと喚声があがり、兵士の群がアルスラーンたちをおしつつんだ。しかし、事態は、アルスラーンたちにとっても意外だったが、ホディールたちにとっても同じことだった。

結局、闇と混乱は、むしろアルスラーンたちのほうを有利にしたのである。

ダリューンの長剣が宙に鮮血の輪をえがいた。ホディールの周囲をかためていた兵士たちが、粘土でつくられた人形のように倒れる。

怒号と悲鳴と刃音のなかを、ホディールは逃げだした。ひとつには、味方があわをくらってふりまわす剣におびやかされたからである。安全な場所を求め、城壁の上へとつづく階段をめざして、ころがるように走りだす。階段の下でふりむいたとき、彼はもっとも見たくないものを見てしまった。ダリューンの剣が眼前にせまっていたのだ。ホディールは汗とうめき声を体外にしぼりだし、剣をぬいて黒衣の騎士にむきなおった。

この期《ご》におよんで生命ごいをしないのは、さすがに名誉ある諸侯《シャフルダーラーン》というべきであった。だが、むろん、勇気と武芸とは、同じ意味を持つものではない。

ホディールの必殺の一撃は、ダリューンの姿勢を変えることすらできず、はね返された。

「問罪天使《ナキール》の前にまかりでて、生前の罪を告白するがいい。自分は、裏切ってはならぬものをすべて裏切りました、とな！」

うなりを生じて、ダリューンの長剣がおそいかかり、ホディールの頭部を撃砕《げきさい》した。「アルスラーン王の宰相《フラマータール》」になりそこねた城主は、声もなく城壁の下に倒れた。

夜気に血のにおいがまじり、山間の強い風がたちまちそれを城外へ運びさっていった。

V

「お前たちの主君は死んだ。これ以上、死者のために戦うのか？」

ナルサスが叫び、ダリューンが城主の首を高くかかげると、兵士たちは戦うのをやめた。すでに二十人以上の死者をだし、負傷者はその倍である。もっとも、むちゃくちゃに振りまわされた味方の剣で傷つけられた者も、そのなかには多かった。

主君をうしない、元気をなくした彼らは、むしろ疫病神《やくびょうがみ》を追い出したくなったのかもしれない。ナルサスに言われて、すなおに城門をあけた。

このまま、カシャーンの城を乗っとって、本拠地にすることはできないだろうか。ナルサスは、そう思わないでもなかったが、アルスラーンが馬首を城内の一角へむけたのを見て、かるく眉を動かした。

「何をなさるおつもりです、殿下《でんか》？」

「せっかくここまで来たのだ。ホディールの奴隷《ゴラーム》たちを解放してやろうと思う。いま奴隷小屋の場所を聞いた」

王子は馬を進め、他の五人もそれにつづいた。ただ、無条件で王子に賛同する表情は見られなかった。

土をかためた奴隷小屋の前で、王子は馬をとびおり、扉につけられていた錠前《じょうまえ》を、剣でたたきこわした。扉をあけはなつと、ざこ寝していた奴隷たちがおどろいて起きあがった。

「さあ、行くがいい、お前たちはもう自由なのだから」

奴隷たちは、うたがわしそうに、若すぎる王子を見つめた。しばらく、誰ひとり動こうとしない。

やがて、ダリューンと同じくらい長身の黒人奴隷《ザンジ》が、のぶとい声をあげて質問した。自分たちのご主人さまであるホディール卿は、このことをご存じなのか？

「ホディールは死んだ。だから、お前たちは自由になったのだ」

「ご主人さまが死んだ⁉」

アルスラーンにとっては意外なことに、おどろきと、そして怒りの叫びがあがった。

「きさまが殺したんだな！」

「とんでもない悪党め、ご主人さまの仇《かたき》だ、逃がすんじゃねえぞ！」

奴隷たちは鍬《くわ》や鋤《すき》を手に、むらがり立った。

駆けつけたダリューンが、馬上から王子の身体をすくいあげた。ギーヴが王子の馬を引く。王子の身体が自分の馬に移る。これらの動作が、すこしでもおくれていたら、アルスラーンは奴隷たちの手でめったうちにされ、なぐり殺されていたにちがいない。

六騎はひとかたまりになって城門を走り出た。最後尾のエラムが馬上で振りむいて見たものは、大声でののしりわめきながら城門からあふれでようとする奴隷の大群だった。

彼らは夜の山道を駆け下って城から離れた。

奴隷たちは追ってはきたが、徒歩のうえに、たいまつをともしている。まず追いつかれる心配はなかった。

自分の善意をまっこうから否定されて、アルスラーンは馬上でだまりこくっている。それを見やって、ナルサスは言った。

「ホディールは、自分の所有する奴隷たちには、やさしい主人でした。あの奴隷たちにしてみれば、殿下も、私どもも、主人の仇ということになるのですよ」

アルスラーンはナルサスを見返した。晴れわたった夜空の色の瞳が光った。

「なぜ教えてくれなかったのだ？　こうなるのではないかということを」

「先にそう教えてさしあげても、殿下は納得なさらなかったでしょう。世のなかには、経験せねばけっしてわからないことがあると思いましたので、あえておとめしませんでした」

「……それは、おぬし自身のことでもあるのか、ナルサス」

アルスラーンの疑問は、的を射た。ナルサスは、ほろにがい表情を口もとにたたえた。

「私が五年前に父のあとをついで、そのとき奴隷を解放したことは、ご存じでしょう、殿下」

そのことは、ダリューンから聞いて、アルスラーンも知っていた。だが、知識は完全なものではなかった。

五年前、シンドゥラ、チュルク、トゥラーン三国連合軍の侵攻を、奇略によってしりぞけた後、一時ナルサスは自分の領地にもどった。そして、すでに解放したはずの奴隷たちが、八割がた舞いもどって働いているのを見つけたのである。

彼らには、ひとりの自由の民として生きるだけの技能も目的もなかった。ナルサスは、彼らを解放するときに、一年分の生活費を与えたのだが、彼らは計画的に金銭《かね》を使うことに慣れていなかった。ごく短期間のうちに金銭をつかいはたすと、彼らはナルサスのもとへもどってきたのだ。

「前のご主人さまは、おやさしかった。いまのご主人さまのように、おれたちを追い出したりなさらなかった」

奴隷たちが、若い主人を批判する声は、ナルサスに衝撃をあたえた。五年後のアルスラーンと、まったく同じだった……。

「寛大な主人のもとに奴隷であること。これほど楽な生きかたはありません。自分で考える必要もなく、ただ命令にしたがっていれば、家も食事もくれるのですから。五年前の私には、そのことがわからなかったのです」

エラムが、敬愛する主人に、気づかわしげな目をむけている。アルスラーンはふたたび質問した。

「だけど、おぬしは信念にもとづいて正義をおこなったのではないか。そうだろう？」

ナルサスは、ため息をついたようであった。

「殿下、正義とは太陽ではなく星のようなものかもしれません。星は天空に数かぎりなくありますし、たがいに光を打ち消しあいます。ダリューンの伯父上が、よくおっしゃったものです。お前らは自分だけが正しいと思っとる、と」

そのことばに、ダリューンも複雑な表情だった。

「では、ナルサス、人間にはほんとうは自由など必要ではないのだろうか」

「いえ、殿下、人間は本来、自由を求めるもの。奴隷たちが、自由より、鎖につながれたままの安楽を求めるようになったのは、あやまった社会制度のせいです」

ナルサスは急に首を振った。

「……いや、殿下、何にしても私の申しあげることなどに左右なされますな。殿下は大道を歩もうとしておられる。ぜひその道をお進みください」

そのとき、沈黙していたダリューンがはじめて口を出した。

「それで、殿下、いずれの方角へおいでになりますか」

南へ行けば、広大な乾燥地を縦断して、ギランの港町にいたる。東へ馬首をむければ、遠く東方国境にいたり、シンドゥラやチュルクの軍と対峙《たいじ》するキシュワードやバフマンの部隊に合流することができるだろう。西へおもむけば、西方国境を守る歩兵中心の部隊がいる……。

いずれへ向かうか？

アルスラーンが馬をとめると、他の五人も馬をとめた。パルス国王《シャーオ》アンドラゴラス三世の息子であり、十九代めの国王になるべき十四歳の少年は、一同をかえりみた。

ふと、心のなかで思う。この五人が、いつまでこうやって彼についてきてくれるのだろう。彼らが愛想をつかさないうちに、アルスラーンはりっぱな君主にならねばならない。

「東へ」

王子は言った。彼は王都を奪回し、行方不明の父と、ルシタニア軍にとらわれた母とを救出せねばならない。そのためには兵力が必要であったし、いまのところパルスで最大の兵力は、東方国境にある。

夜はあと数瞬で明けはじめようとしていた。

VI

一羽の鷹《シャヒーン》が、碧空《へきくう》を引きさいて、太陽ののぼる方角へ飛びつづけている。

パルスの東方国境である。

かつてはバダフシャーン公国の領土であった、岩山と砂漠と半砂漠の土地。点在するオアシスと、紅玉《ルビー》を中心とする豊かな鉱物資源が、不毛の大地に一国を存立させてきた。

さらに東へ進めば、カーヴェリーの大河をへてシンドゥラ王国の領土にいたる。その手前、かさなりあう山々の一角に、パルス軍の拠点であるペシャワールの城塞《じょうさい》が、赤い砂《さ》岩《がん》でつくられた姿を見せていた。

鷹《シャヒーン》は地上に主人の姿を見つけた。

空中で大きく旋回し、高度をさげる。

ペシャワールの城壁の、一段と高くなった台の上に、ひとりの男がたたずんでいた。甲冑を身につけ、鷹をむかえるように高く左腕をあげている。舞いおりた鷹は、主人の腕にとまって、甘えるようにひと声鳴いた。

「よしよし、告死天使《アズライール》、遠いところをご苦労だったな」

男の名はキシュワードという。アンドラゴラス三世のもとで勇名をはせた万騎長《マルズバーン》十二名のひとりであった。年齢は二十九歳で、ダリューンにつぐ若さである。均整《きんせい》のとれた長身は、ダリューンに劣るものではなかった。端整な顔だちに、形よくひげをととのえ、両眼はやさしげである。

双刀将軍《ターヒール》というあだ名があるのは、二本の剣をあやつる変幻の剣技に通じているからであった。千騎長のころから西方国境の守りにしたがい、ミスル軍を相手に用兵と剣技で名

手の名をほしいままにした。パルスとミスルの国境近くには、ディジレという大河が流れているのだが、

「双刀将軍《ターヒール》キシュワードあるかぎり、翼があろうともディジレ河をこえるあたわず」

とうたわれたほどである。

二年前、パルスとミスル、両国の間にいちおう休戦が成立した後、キシュワードは東方国境へ配転された。ミスル国の要求であったが、かわりにパルス国は、五つの城塞をミスル国から受けとったのである。

鷹《シャヒーン》の足にむすびつけられた羊皮紙《ようひし》を、キシュワードがほどいて目をとおしていると、城壁へあがってきた兵士が彼につげた。キシュワードの同僚、万騎長《マルズバーン》バフマンが彼を呼んでいるというのであった。

バフマンは老練《ろうれん》の将軍として知られている。六十二歳という年齢も、万騎長《マルズバーン》のうちの最年長であった。

アトロパテネで戦死した大将軍《エーラーン》ヴァフリーズとは四十五年来の戦友であった。身体つきは、ずんぐりしているが、老人とは思えぬたくましさであり、眼光も若者のようにするどい。髪とひげは灰色になっているが、それをのぞけば、十歳は若く見える。

キシュワードが彼の部屋にはいってきた。

「老将軍、おじゃまします」

「ご自慢の鷹《シャヒーン》が、何やら王都エクバターナから知らせをもってきたような」

「お耳がお早い」

キシュワードは短く笑って、老人にすすめられるまま、カーペットの上にあぐらをかいた。黒人奴隷《ザンジ》の娘が、麦酒《フカー》の壺《つぼ》と銀杯をおいてひきさがった。

「で、王都からは吉報があったかな」

「あまり吉報とは申せません。どうも名前をつけそこねたようで」

キシュワードは苦笑した。アズライールとは、パルスの神話に登場する美しい天使で、神々の意をうけて人間に死期を知らせる役目を持っている。たしかに、どちらかといえば不吉な名前であった。

王都エクバターナには、キシュワードの信頼する部下が潜入しており、月に三度、鷹を使って、王都のさまざまな情報をキシュワードにもたらしていた。軍事的にも、キシュワード個人にとっても、それは貴重なものであった。

「……そうか、国王陛下、王太子殿下ともに、いまだ行方が知れぬか」

「たしかなのは、タハミーネ王妃さまのご生存だけでござる。それも、ルシタニアの軍中にある、とのことで、それ以上のことは、さて、山とも海とも……」

いらだたしそうに、キシュワードは頭を振った。

羊皮紙に記されたところでは、王都エクバターナを中心として配置されたルシタニア軍は、約三十万。これだけの大軍をやしなうのはたいへんなことで、エクバターナの市民たちは掠奪におびえる毎日である。

「いずれ食糧が不足すれば、ルシタニア軍もあるていど兵力を分散しなくてはならないでしょうが……」

「わしらとしても、無限の大軍を手もとにおいているわけではないからの」

「さよう、根こそぎ動員しても、十万にはとどかぬでしょう」

いま、彼らが動かしうる兵力は騎兵二万、歩兵六万というところだった。それも、東方国境をがらあきにしてかまわない、という条件つきである。

「シンドゥラに関するかぎりは、安心してもよろしゅうござる。国王の病あつく、つぎの王位をめぐって、ラジェンドラ、ガーデーヴィ、両王子の間に、どうやら流血は避けられそうもござらぬ。国境をこえて侵攻する余裕などありますまい」

だが、チュルク、トゥラーンの両国には、とくに内紛のようすがない。がらあきになった国境から、両国の大軍がなだれこんでくれれば、王都はたとえ奪回しても、国土の半分を敵国の手にゆだねることになりかねなかった。

結局、すぐに動こうにも動けない。いますこし状況を見るしかないのである。おもしろくもない結論をえて、キシュワードが部屋を出ていくと、残されたバフマンはくたびれたように顔をなでた。

バフマンには、若い同僚にあかさない秘密があった。いや、彼以外の者は誰ひとり知らない秘密である。

その秘密を、いまバフマンは自分の机にしまいこんでいた。一通の手紙である。アトロパテネの会戦に先だち、大将軍《エーラーン》ヴァフリーズから託されたものであった。それを読んだとき、バフマンは自分の顔色が変わるのがわかった。四十五年間、戦場で人におくれをとったことのない古豪《こごう》が、二度とその手紙を見たくなかった。

「やれやれ、ヴァフリーズどの、おぬしはとんでもない重い置きみやげを、わしのような無能者に残していかれたものじゃて」

ひとりごとをつぶやく老人の表情も声も重かった。

「わしは軍を指揮する以外、何の能もない。一国の命運に関する秘密をかかえるほどの力量はないのじゃ。ヴァフリーズどの、せめておぬしの甥《おい》ごが生きておれば、責任をわかちあうこともできようにの……」

老バフマンは、魔道士でも千里眼でもなかったから、ヴァフリーズの甥ダリューンが、アルスラーン王太子を守って、ペシャワールへむかっていることを知りようもなかった。

「……しかし、英雄王カイ・ホスロー以来つづいたパルス王家も、まかりまちがえば、これで終わってしまうかもしれぬ。そんなありさまを見るくらいなら、ゴタルゼス大王のさかんな御世《みよ》に死んでおったほうがましだったわい」

いっぽう、城壁の上では、キシュワードが鷹《シャヒーン》にむかって話しかけていた。

「どうも、バフマン老人、おれに何かかくしているらしい。老人から見れば、おれはまだ信頼に値せぬ青二才《あおにさい》ということらしいな。それほど、たよりにならぬとは思わぬが……」

鷹は答えず、主人の腕という安息の場所をえて、満足そうに碧空を見あげている。

第二章　魔都の群像

I

パルス暦三二〇年の秋以降、パルスの王都エクバターナは侵略者ルシタニア軍の支配下にある。

つい最近まで、エクバターナは美しい都市であった。社会制度の矛盾《むじゅん》や、貧富の差はあったものの、それでも大理石づくりの王宮や神殿は、豊かな陽光にかがやき、石畳の道の両側にはポプラの並木や水路があり、春ともなればラーレ（チューリップ）の花が香りたかく咲きみだれた。

美を醜《しゅう》に変えるのは、一瞬ですむ。ルシタニアの侵略直後、エクバターナは血と死体と汚物におおわれ、現在でもそれはたいして変わらなかった。パルス人から見れば、ルシタニア人の、とくに下級兵士の不潔さと無知と下品さは信じられないことであった。ろくに入浴もせず、医者が麻酔をすることも知らず、絹の国《セリカ》の紙を見てふしぎがる。茶を飲んだことさえないのである。そしてむろん、征服者としての意識ばかり高く、気にくわぬことがあれば剣をぬいて民衆を殺傷するのだった。

その傲然《ごうぜん》たる圧政者ルシタニア軍の将兵を、恐慌《きょうこう》におとしいれる事件が生じたのは、冬のはじめのことであった。

伯爵であり騎士団長であり将軍であり、さらには司教でもある有力者ペデラウスが奇怪な最期をとげたのである。

……その夜、十二月五日、ペデラウスはパルスの白葡萄酒《しろぶどうしゅ》に酔いしれ、幾人かの騎士をつれて、自分にあてがわれた邸宅へと歩いていた。彼は大声で、自分が邪悪な異教徒たちをどのように罰したか、自慢げにしゃべりまくっていた。大きな鍋に油をいれて煮えたたせ、異教徒の赤ん坊を生きたまま放りこんでフライにし、その両親を剣でおどしてそれを食べさせた——というのが彼の最大の自慢だった。その後、母親は発狂し、父親は素手でペデラウスにつかみかかって、ずたずたに斬り殺されたのである。

同行の騎士たちは、あまりの残虐《ざんぎゃく》さに、さすがにあきれ、吐気をもよおす者もいたが、有力者であるペデラウスににらまれると、つくり笑いをするしかなかった。ペデラウスの機嫌をそこねて、両眼を針でつぶされた従者がいることを知っていたからである。

やがて、ペデラウスは同行者とはなれて、ラーレの花壇にはいりこみ、立小便をはじめた。同じ貴族でも、パルスの貴族なら、けっしてやらないことだった。そもそも、ルシタニア人の家には、しばしば便所すらなかったし、パルス人にとっては当然のことである下水の存在すら知らなかった。

突然のことである。

「ぐわっ」

という、にごった悲鳴がペデラウス伯爵の口からこぼれでた。おどろいて振りむいた騎士や衛兵たちは、とっさに何ごとが生じたか、理解できなかった。

伯爵はのけぞり、よろめき、腰の剣に手をかけた直後、地上に倒れた。騎士や衛兵たちは、あわてて駆けつけ、伯爵を助けおこした。そして、伯爵の下腹部が刃物で深々とえぐられ、血と内臓の一部をふきださせているのを見たのである。

ペデラウスの死を悲しんだ者は誰ひとりいなかったが、殺された以上、犯人を見つけないわけにいかなかった。彼らは、夜の闇《やみ》をすかして周囲を見わたした。そして発見したのである。五歩ほど離れた地中から、剣をにぎった手がはえているのを。彼らが啞然《あぜん》として見守るうち、剣と手はするすると地中に消えていった。

騎士のひとりが、その場にかけつけ、幅広《はばひろ》の剣を鞘《さや》から引きぬくと、地面に突きたてた。石と土が刃をかんだが、ただそれだけである。

つぎの瞬間、騎士の両ひざのあたりに、白い光がひらめいた。

胸の悪くなるような光景が出現した。騎士の両ひざが切断され、騎士の身体は、すべり落ちるような感じで土の上に倒れた。ひざから下の両脚だけが、そのまま並んで地面の上に立っている……。

「怪物だ。邪教の悪魔が、おれたちの足もとにひそんでいるぞ！」

恐怖と狼狽《ろうばい》が、彼らをつつんだ。彼らにとって、イアルダボート教の教えと彼ら自身の経験によって理解できないものは、すべて悪魔のしわざだった。彼らに理解できない異国語は悪魔のことばであり、異教徒が独自につくりだした文明は、悪魔の文明だった。そして、いま彼らが経験したものこそ、まさに悪魔なり怪物なりが実在することの証明であった。

夜風の方角が変わって、彼らの鼻に、どっと血の臭《にお》いを運んできたとき、悲鳴をはなってひとりが逃げだした。わっと悲鳴をあげて、他《ほか》の全員が、それにならった。

「イアルダボートの神よ、救いたまえ！」

その叫びは、彼らの一生で、もっとも純粋な祈りのことばであったろう。

彼らが逃げさった後には、夜と、二個の死体が残った。もうひとつ、剣をもった手が、闇のなかで、白々と、しばらくうごめいていたが、ゆっくりと地面のなかへ姿を消していった……。

奇怪な事件の知らせを受けて、ルシタニア軍の事実上の総責任者であるギスカール公は王宮におもむいた。彼はまたルシタニア国王の弟でもある。

大司教にして異端審問官《インクイジチア》であるボダンが王のかたわらにおり、毒《どく》のこもった視線を、ギスカールの横顔にそそいだ。すくなくとも、ギスカールにはそう思われた。

「もう来ておる、すばやいことだ」

心のなかで、ギスカールはののしった。

ルシタニア国王イノケンティス七世は、砂糖水をついだ銀の杯《はい》を、口にあてたまま、おちつきなく眼球を動かしている。現実感覚などないにひとしい男だが、弟と大司教がたがいに反感をもっていることだけは知っているのだ。

この日、先に口に出していやみを言ったのはギスカールのほうだった。パルスの自由民《アーザート》の女で、彼ごのみの美女を、寝台にひっぱりこんだところを呼びつけられたので、そもそも機嫌がよくなかったのである。

「大司教猊下《げいか》、これは地上のささいな問題であって、天上の栄光とはかかわりのないことでござる。猊下がお心をなやませる必要はござらぬ」

ていねいな口調だが、「よけいな口だしはするな、聖人面《づら》のえせ坊主」と、ギスカールの目が言っていた。

ボダンはそれで遠慮するような人間ではなかった。国王イノケンティス七世にすら、ときには大声でつめよる男である。イアルダボート教の排他性と独善性を一身に代表する男であり、強大な教会権力が僧服をきて歩きまわっているような人物である。

「これは王弟殿下のおことばとも思えぬ。邪教の怪物に殺されたペデラウス伯は、宮廷の重臣であり、教会の幹部でござった。神の御名《みな》において、邪教をはびこらせるこの国の者どもに復讐せねばならぬ。結局は、天上の栄光にかかわることじゃ」

「復讐？」

「さよう、イアルダボート教徒ひとりの生命は、異教徒千人の生命に相当する。まして、聖職者の生命ともなれば……」

一万人の異教徒に生命をもってつぐなわせるべきである。ボダン大司教はそう主張した。

「大司教はこう申すのだが、ギスカール、わが弟よ、どうしたものであろうか」

イノケンティス七世は、砂糖水の杯を両手でつつみこむように持ったままでたずねた。

「ボダンめ、狂信者というより、もはや狂人だな」

と、ギスカールは心のなかで舌うちした。もうすこしまともな感覚をもった人間、つまりギスカールとしては、真犯人を探しだしてとらえるべきだと考えている。

「一万人もの人間を火刑にするだけの、場所や薪《たきぎ》をどうするのか、それも問題じゃでのう」

とイノケンティス七世は、弟の気も知らず、いささか角度のずれた心配をしていた。ギスカールは、兄をどなりつけたいという衝動を、かろうじておさえた。

ボダンがまた口を出した。

「念のため申しあげるが、煙をたてぬよう、じわじわと焼き殺すべきですぞ」

またしても、ギスカールは舌打ちせずにいられなかった。

もともと火刑とは残虐な処刑法であるにはちがいないが、じつのところ、火刑よりも残虐な処刑法は他にいくらでもある。ふつうの火刑だと、薪に火がついてしばらくすると、多量の煙がたちこめ、処刑される罪人は煙で窒息して、失神するか、あるいはそのまま死んでしまう。火刑に処するというのは、焼き殺すというより、罪人のおかした罪を火によって浄化するという宗教的な意味がつよいのだ。

だが、煙をたてぬよう、じわじわと処刑する——ということになれば、話はまったくちがってくる。文字どおり、罪人を意識のあるまま焼き殺す、ということになる。罪人の苦痛は、想像を絶するものになるだろう。

「一万人の罪人は、構成がかたよってはならぬ。パルス国全体の罪をあがなうのでござるゆえ。男女を半分ずつとし、赤ん坊、子供、青年、中年、老人をそれぞれ五分の一ずつとすべきじゃ」

「すると赤ん坊を二千人、子供を二千人も殺せと大司教はおっしゃるか」

とんでもないことだ、と、ギスカール公は三度めの舌うちをした。罪もない一万人もの人間を殺せば、その十倍の憎しみが、ルシタニア軍にむけられるだろう。

ギスカールはべつに異教徒の運命に同情しているわけではない。とくに慈悲《じひ》ぶかい人間ではないのだ。だが、ギスカールには、政治家としての考えもあり、他のふたりに欠けたもの――つまり常識もあった。

「大司教には、いまわれらが置かれた状況を、ご理解いただきたいものですな。われらはパルスの王都を占領し、マルヤム方面との交通路を確保しただけ。まだパルス全土を平定したとは、とてもいえぬのですぞ」

「わかってござるとも。ゆえに、イアルダボート神の栄光とルシタニア国王の権威とを、このさい徹底的に異教徒に知らしめねばならぬのじゃ。そのために流血がさけられぬのであれば、あえてさけぬことこそ、神のおぼしめしにそうことになろう」

「パルスだけが問題なのではござらぬ。ミスル、トゥラーン、チュルク、シンドゥラ――パルス周辺の諸国がいつ牙《きば》をむいて襲いかかってくるか、わかり申さぬ。これらの諸国が、軍勢をあわせれば、その数は百万人をくだることはござるまい。わが軍は三十万、とても対抗できるものではござらぬ。国内でこれ以上、波風をたてたくないのでござるが……」

ギスカールの言うことに誇張はあるが、嘘《うそ》ではない。たとえば、トゥラーンあたりが、パルスの危機を救うなどと称して侵入してきても、それをそしる資格はルシタニアにはないのだ。

だがボダン大司教は一言のもとにかたづけた。

「百万の異教徒など、何ぞ恐れる必要があろう。神のご加護をうけた聖なる戦士は、ひとりで百人の異教徒を撃ちたおすことができようほどに」

反論する気をなくして、ギスカールは沈黙したが、つぎの大司教のことばであやうく目をむくところだった。

「もしギスカール公のお手に負えなんだときは、マルヤムに駐屯《ちゆうとん》しておる神の僕《しもべ》、聖堂騎士団《テンペレシオンス》を呼びよせ、聖戦に加わらせてもよいのじゃが……」

国王イノケンティス七世は、うろたえたように弟をかえりみた。絹の国《セリカ》渡来の紫檀《したん》のテーブルに銀の杯をおくと、砂糖水がゆれてテーブルをぬらした。

「聖堂騎士団をマルヤムから呼びよせる、と大司教はおっしゃるか」

ギスカールが、芸もなく大司教の話をくりかえしたのは、衝撃の巨大さを意味するものであった。聖堂騎士団の武力と、ボダンの宗教的指導力を合体させては、王権にとって不利になる。そう思ったからこそ、ギスカールは苦労して、聖堂騎士団をマルヤムにとどめ、パルスまでこさせないよう策《て》をうっておいたのだ。それがすべてむだになってしまう。

ボダンは薄笑いをうかべてギスカールを見つめている。

「彼らはマルヤムで、異教と異端《いたん》の者どもをすでに百五十万人ほど殺したそうでござるな。それも、半分以上が女、子供、老人、病人だったそうで、おみごとな武勲《ぶくん》というべきだ」

イノケンティス七世を横目ににらんで、ギスカールは、はきすてた。その大量殺害を許可したのは、彼の兄王であった。

「もっとも残酷な死によってこそ、異教徒の罪はつぐなわれるのじゃ。それがイアルダボート神のご意思であり、ご慈悲なのじゃ」

ボダンの声には、そよ風ほどの揺るぎもなかった。偏見と狂信の大地ふかくに根をはりめぐらした、人間の形をした独善の大木。それがボダンだった。あらためてそのことを知らされ、ギスカールは寒気を感じずにいられなかった。彼はけっして気の弱い男ではなかったのだが。

「だが、女や子供まであえて殺さずとも……」

「女は、いずれ子を産む。子は成人して異教の戦士となる。老人や病人も、かつては異教の戦士として、イアルダボート教徒を殺したかもしれぬ」

ボダンは勝ちほこって声を高めた。

「神がそれを欲したもうたのだ。ゆえにおこなわれた。人の意思によるものではない。ゆえに実現した。ギスカール公には、何ぞご異存がおありか？」

ギスカールは、だまりこんだ。神を持ちだされては、議論など成立しようがない。

自分を正当化するのに、何かといえば神を持ちだすボダンの卑劣《ひれつ》さと、それを卑劣と自覚しない鈍感さとを、ギスカールはこのとき心から憎んだ。ふと、ささやかな反撃の方法が、彼の心にうかんだ。

「それにしても、今夜の件で、どうにも腑《ふ》におちぬことが、ひとつござる。大司教にお教えをこいたい」

「何ごとでござろうかな、王弟殿下」

「なに、単純なことでござる。イアルダボート神は、信心あつき者を、なぜ邪教徒の魔手からお救いにならなかったのですかな」

その声が、ボダン大司教の耳に、毒矢《どくや》のようにしたたかに突きたった。ギスカールは、この夜、大司教に対して、はじめて勝利感を味わうことができたのである。

「瀆神《とくしん》の言をなすか、この――」

ボダンは声をあらげたが、さすがに、相手の身分をはばかったのであろう。あるいは、何か魂胆があるのかもしれない。急に表情を消し、とりすました声をだした。

「神の叡智《えいち》は広大無辺、私ごときの推察のおよぶところではござらぬ」

最後だけ聖職者らしいことを言って、ボダンが退出すると、ギスカールは大理石の床につばをはいた。これもまた、パルスの貴族ならけっしてしないことであったが、ギスカールとしては、これでもずいぶんと感情をおさえているのである。

イノケンティス王が、機嫌の悪い弟に声をかけた。ねこなで声に近い話しかたである。

「ギスカールよ、そんなことより、もっとだいじな話がある、聞いてくれぬか」

「ほう、何です？」

王弟の返事には熱意がなかった。

「じつはな、タハミーネが、自分の夫であるアンドラゴラス王を……」

「助命しろと要求したのですかな」

「いやいや、あの男の首がほしい、でなくては結婚できぬ、と言うておるのじゃ」

一瞬、さすがにギスカールは声をうしなった。

タハミーネとは、王宮内にとらわれているパルスの王妃《おうひ》である。そのタハミーネ王妃が、夫であるアンドラゴラス三世の首を要求している⁉　いったいどういうことか。何の裏があるのか。

「言われてみれば、もっともじゃ。あの男が生きておるかぎり、タハミーネは重婚の罪をおかすことになるからの。よく決心してくれたものじゃ」

国王は、無邪気に喜んでいる。タハミーネが、結婚にむけて一歩をふみだしたと信じてうたがっていないのだった。

むろん、ギスカールの考えは、兄王とはまったくちがう。

「あの美しい王妃、どうやらとんでもない雌狐《めぎつね》であるらしい……」

ギスカールがそう思ったのは、現在のルシタニア軍最上層部のなかで対立が生じている、そのことを王妃が見ぬいているのではないか、と考えたからであった。

II

一夜があけた。

銀仮面をかぶった男――第十七代パルス国王オスロエス五世の息子ヒルメスは、王都を占領したルシタニア軍の内部でおこるできごとの数々を、万年雪のような冷たさで観察している。地中から手をのばして人を殺す怪物。それにうろたえさわぐルシタニアの将兵たち。ヒルメスにとっては、冷笑の対象でしかなかった。

彼の前にある椅子、それは背もたれと肘《ひじ》かけのついた絹地ばりの大きなものである。そこに客人がすわっている。ルシタニア国王の弟で、ヒルメスの形式上の上官であるギスカール公であった。絹のハンカチで顔をぬぐっている。汗などかいていないのだ。表情をかくすためであろう。

「アンドラゴラスを引きわたせと、そうご命令あるか」

仮面の穴ごしに、ひややかな眼光をむけられて、ギスカール公は鼻白《はなじろ》んだ。彼はこの銀仮面の男を、能力においては信用していたが、気をゆるしているわけでは、けっしてない。

「命令しておるのではない、考慮してもらえぬか、と言っておるのだ」

「お約束いただいたはずですぞ、アンドラゴラスの身柄は私にいっさいおまかせいただくことを。他の報酬はいっさい求めぬかわりに、と」

つきはなすように言ってから、ヒルメスは口調をかえて、事情をたずねた。ギスカールが、以前の約束をたがえたからには、それなりの理由があるにちがいないからである。

ギスカールの口から語られた事情は、ヒルメスにとっても意外なものであった。

「つまり、アンドラゴラスの生首を見ぬかぎり、イノケンティス王と結婚するわけにはいかぬ、と、タハミーネが言ったのですな」

銀仮面の両眼からもれる光が、けわしさをましていった。ヒルメスは、最初からタハミーネを人妖《ばけもの》めいた女と見なしている。父と叔父をまどわした魔女が何かよからぬことを考えているのだと思った。

「おぬしにも、わかるだろう。ことアンドラゴラス王を生かしておかぬ、という一点においては、兄とボダン大司教の利害は一致しておるのだ。兄にしてみれば、タハミーネ王妃と結婚するためには、アンドラゴラスがじゃまであること、言うまでもない」

「大司教のほうは？」

「やつはもう、最初から異教徒の血に飢えておる。誰が言いだしたことであろうと、とにかくアンドラゴラスを殺せればよいのだからな」

ヒルメスは、かぶった銀仮面ごとかるく頭をふった。

「アンドラゴラスめを殺してしまえば、それっきりでござる。ですが、生かしておけば、いろいろと使いみちがございますぞ」

ギスカールはうなずいたが、多少わざとらしい動作だった。

「そう思ったからこそ、おぬしにアンドラゴラス王の身をあずけたのだ。その点で、いまも考えは変わっておらぬ」

「であれば……」

「誤解するなよ、おぬしが説得せねばならぬ相手は、おれではない。兄とボダンとだ」

はじめてギスカールの精悍《せいかん》な顔に、余裕があらわれた。

ヒルメスは沈黙した。そうなると、銀仮面と甲冑《かっちゅう》に長身をかためたその姿は、神殿にかざられた勝利の神ウルスラグナのようにも見える。ごく子供のころから、武芸にも学問にもすぐれ、亡き父王はよく言ったものだ。

「この子は私などよりよほどすぐれた王になるだろう」

たしかに、そうなるはずだった。アンドラゴラスめが兄殺しの大罪をおかしさえしなかったら！　どうして奴《やつ》を楽に死なせてやれるというのか。

「それで、王弟殿下ご自身は、どうなることをお望みですか」

「今回、おれの出る幕はないだろう。兄とボダンしだいだな」

「さようで……」

仮面の下で、ヒルメスは皮肉っぽく唇をゆがめた。ギスカールの考えていることは、見えすいているように思えた。アンドラゴラスが殺害された後、イノケンティス王とボダン大司教の対立はさらに激しくなるであろう。そうならざるをえない。イノケンティス王はタハミーネ王妃との結婚を望む。ボダン大司教は、むろんそれに反対し、妨害しようとする。

さて、その結果どうなるか。

イノケンティス王はタハミーネ王妃にそそのかされて、ボダンを追放するか、あるいは処刑するかもしれぬ。もしそうなれば、ボダンにひきいられる聖職者たちが、どう反応するか。慄《ふる》えあがって口もきけなくなるか、あるいはその逆に、信徒たちを煽動《せんどう》して国王を仇《かたき》とねらうかもしれない。

いっぽう、ボダン大司教は、どう出るか。みすみす追放や処刑を待っておとなしくしているだろうか。イノケンティス王を破戒者、背教者ときめつけ、王位からひきずりおろそうとするかもしれない。その後、まさか自分で王位につくわけにもいかないから、彼の意思どおりに動く人形が必要になるだろう。

いずれにしても、イノケンティス七世の運命はめでたしめでたしどころか、きわめて不安定なものとなろう。ギスカールとしてはそれを期待しているにちがいなかった。

やがてギスカールはヒルメスの部屋を出た。もともと、すぐの返答を期待してはいなかったのである。そこへ、部下の騎士がひとり、あわただしく駆けよった。そのささやきを耳にうけて、ギスカールは顔色を一変させた。

「なに、聖堂騎士団《テンペレシオンス》がすでに到着したと――？」

王弟ギスカールは、自分がボダンの狡猾《こうかつ》さを見くびっていたことを後悔した。

タハミーネ王妃の処遇をめぐって、イノケンティス七世と対立をはじめたころ、すでにボダンはマルヤムに使者を送り、教会のために戦う聖堂騎士団を呼びよせておいたのである。

　聖堂騎士団の総人数は二万四千騎。ルシタニア正規軍にくらべればすくないが、何といっても宗教的な権威が彼らの強みである。聖堂騎士団が、黒地に銀をあしらった神旗を陣頭にかざせば、ルシタニア軍は戦わずして剣をひき、馬をおりるだろう。

　城門をあけはなたせ、長大な隊列をつくって入城する聖堂騎士団の姿に、ボダンの勝ちほこった笑顔がかさなった。ギスカールは歯ぎしりした。かたわらの騎士がおどろいて見つめるほど、高い音をたてて。


　昼近く、ボダンとつれだって談判におとずれた聖堂騎士団長ヒルディゴの前で、イノケンティス七世は冷汗を流していた。

「予《よ》はタハミーネと結婚する。彼女を新ルシタニア帝国の皇妃《こうひ》とする。そして彼女の産んだ子を、予の後継者とするであろう」

　ふるえる声で、それでも最後までイノケンティス七世は言いおえた。全身の勇気をふるいおこしてのことであろう。かたわらにひかえたギスカールは、意外に思い、すこしだけだが、タハミーネに対する兄の執念《しゅうねん》に感心した。

「これはしたり、イアルダボート神と信徒の保護者たるルシタニア国王陛下《へいか》が、かくも血迷ったことを、おおせあるとは……」

おどろいたふりで、聖堂騎士団長ヒルディゴは嘲笑《ちょうしょう》してみせた。

「そのようなたわごとを聞くために、わざわざ私どもがマルヤムより遠路をたどってきたとお思いか？」

たわごと、などという無礼なことばを、一国の王にあびせて平然としている。神に直属する身分をほこるだけあって、人間世界での礼儀など無視しているようであった。

それっきり、ヒルディゴは、うすら笑いしつつ沈黙している。赤黒いひげが、呼吸に応じてわずかにふるえていた。

「いずれをお選びあるも、陛下のご決断しだい。イアルダボート神の栄光を地上に具現《ぐげん》なさり、聖者、聖王として不滅の名を後世に残されるか。それとも、永遠に救われぬ背教者として、地獄の火に焼かれるか、どちらになさる？」

ボダンが両眼を炭火のように燃やしながら国王につめよった。

「地獄」ということばは、幼児のころから、イノケンティス七世にとっては、もっとも恐ろしいものであった。みるみる国王の顔から血の気がひき、助けを求めるように椅子の肘をつかんだ。弟を見つめて口を動かす。

ギスカールはそれを無視した。ことさらに意地悪をしたわけではない。聖堂騎士団という強力な味方をえて、ボダンはますます増長するだろう。対策を講じておかねば、ギスカールのほうが、もはやあぶない立場だった。

Ⅲ

ギスカール公爵が、兄王や大司教や騎士団長を相手に、孤独な戦いを演じている間、ヒルメスは自分にあてがわれたパルス貴族の居館《きょかん》を出て、裏手にある一軒の家へ足をはこんだ。ひとりのけが人をおとずれるためである。

けが人とは、パルスの万騎長《マルズバーン》サームであった。

王都エクバターナが陥落《かんらく》したとき、勇戦して瀕死《ひんし》の重傷をおった男である。彼が防戦の指揮をとっていなければ、エクバターナの陥落は、もっと早かったであろう。また、彼の献策《けんさく》——奴隷たちを解放して防戦に参加させるという手段がタハミーネ王妃によって採用されていたら、王都の陥落はさらに先にのびていたであろう。

アンドラゴラス王が、王都の守りを彼にゆだねたのも、理由のないことではなかった。

病室の入口にたたずんで、ヒルメスは銀仮面ごしにサームを見やった。

サームはにらみかえした。身体の半ばを包帯におおわれていたが、気力はいささかもおとろえていなかった。やや視線をかわしあった末、ヒルメスは声を投げつけた。

「ひざまずいて、あいさつせぬか」

「おれはパルスの万騎長《マルズバーン》だ。パルスの万騎長がひざまずく相手は、天上の神々のほか、地上にはただひとり、パルスの国王《シャーオ》あるのみ」

サームの両眼に、強烈な炎が燃えあがっている。

「どうして汝がごとき、蛮族《ばんぞく》ルシタニアの一党にひざまずくことができようか！　あえてそれを望むなら、おれを殺せ。おれを殺して、死体のひざをまげてみるがよい」

サームは眉をしかめた。包帯の下で、傷がうずいたのである。

「その剛直《ごうちょく》、気にいった」

ヒルメスは真剣な口調でつぶやくと、室内に一歩をふみいれた。長靴《ちょうか》で、カーペットに描かれた不死鳥《フマー》をふみつけて立つ。

「おれには、お前に拝跪《はいき》を命じる資格がある」

「……資格だと？」

「資格があるのだ、サームよ。なぜなら、おれは、パルスのまことの国王《シャーオ》だからだ」

「……きさま、正気か」

「正気であることを、いま証明してやろう。おれの父は、パルス国王オスロエス五世、そして叔父は、簒奪者《さんだつしゃ》アンドラゴラスだ」

サームは息をのんで、銀色に光る仮面を見あげた。武人らしくするどい顔のなかで、いくつかの表情がいそがしく交替した。

「どうだ、おれの名を知っているだろう」

「ヒルメス王子……？　まさか、まさか。王子は十六年前の火事で亡くなったはずではないか。生きておいでのはずが……」

サームの声がとぎれた。ヒルメスの手が銀仮面のとめがねをはずし、左半分の白い秀《しゅう》麗《れい》な顔と、右半分の赤黒く焼けただれたむざんな顔とを、万騎長《マルズバーン》の視線にさらした。万騎長《マルズバーン》の視線は、ヒルメスの左半面に集中した。先王オスロエス五世の面影《おもかげ》を、そこに見出《みいだ》そうとしているようであった。

「では、王子はご存命でおわしたのか……」

サームはうめいた。パルス最強の勇者たちのひとりである彼が、傷ついた身体を小きざみにふるわせていた。これまで彼は、銀仮面の男を、ルシタニア軍の手先だとひたすらに信じこんでいたのである。

「だが、だが、証拠がどこにある？」

「証拠だと？　この焼けただれた顔と、アンドラゴラスめに対する憎悪《ぞうお》。それ以外に証拠が必要か！」

ヒルメスの声は、それほど大きくはなかったのに、雷鳴のように室内の空気をゆるがせた。サームは最後の抵抗をうちくだかれ、がくりと肩を落とし、顔をうつむけた。

やがて顔をあげたとき、銀仮面の男はすでに立ちさっていた。サームは、とざされた扉を見つめ、半ば呆然《ぼうぜん》としてつぶやいた。

「サームよ、お前はこれからいったいどなたにおつかえすればよいのだ……？」


エクバターナの城門を、一団の騎馬隊が駆けぬけてきた。

それがルシタニア軍であれば、それほどおどろくべきものではなかったであろう。だが、マルヤム製の冑《かぶと》を陽光にきらめかせ、絹の国《セリカ》の絹マントをひるがえして馬を駆る者は、あきらかにパルス人であった。

ルシタニア兵が、誰何《すいか》の叫びをあげた。槍《やり》をつきだし、騎馬隊の進路をさえぎろうとする。

騎馬隊の先頭に立った若い騎士が、強靭《きょうじん》な手首をひるがえすと、一枚の薄い銅板を、兵士めがけて投げつけた。あわてて受けとめた兵士が、それが王弟ギスカールの発行した通行証であることを確認したとき、騎馬隊は石畳の道に馬蹄《ばてい》のひびきをのこして、駆けさりつつある。

彼らが到着したところは、だが、ギスカールのもとではなかった。

サームのところから帰宅したばかりのヒルメスは、門からあふれるようにはいってきた騎馬の一団を見やって無言だった。馬をおりた若者が、うやうやしく彼の前にひざまずいた。

「殿下、はじめて御意《ぎょい》をえます。私はザンデと申します。父はパルスの万騎長《マルズバーン》カーラーン。このたび、亡き父にかわり、ヒルメス殿下におつかえするため、領地より、かくは参上いたしました」

ヒルメスは仮面の下で目をみはった。

「そうか、おぬしはカーラーンの子か」

若者は十九歳か、せいぜい二十歳になったばかりであろう。亡くなった父親から重厚さをとりのぞき、かわりに、たけだけしさを加えたような顔つきである。

あるいは、強剛《きょうごう》という一面からみれば、亡き父カーラーンをしのぐかもしれなかった。そう思わせるほどの精悍な迫力がある。

ヒルメスは、自分自身に対する約束を思いだした。カーラーンの遺族は、自分が責任をもってとりたててやろう、と、彼は思ったのである。ヒルメスは、若者に立ちあがるよう身ぶりで応じた。部屋に招きいれる。三十騎ほどの部下たちは広間で休ませた。カーペットの上にヒルメスはあぐらをかき、若い客人にもそうするよう言った。

「おれはパルスから簒奪者のアンドラゴラスめを追いはらい、蛮夷《ばんい》のルシタニア人どもを一掃して、正統の王位を回復する。その後、おぬしの父上を大将軍《エーラーン》に任命して、パルスの全軍を指揮してもらうつもりだった。だが、彼が死んだいま、おぬしに、その役をはたしてもらわねばなるまい」

ヒルメスの視線を受けて、ザンデと名乗る若者は感激した。ヒルメスの身分が正統のものであることを信じきっているのだ。

「ありがたき仰せ、父もあの世で喜んでくれましょう。私は殿下のご好意にむくい、かつ、子として父の仇を討たねばなりません。冬の最後の氷がとけさる前に、アルスラーン、ダリューン、ナルサス、三名の逆賊の生首を、誓って殿下の御前《おんまえ》に並べてごらんにいれまする！」

「それはたのもしい」

ヒルメスは銀仮面の下で愉快そうな笑声《わらいごえ》をあげた。だが、カーラーンの息子が、父親ほどに経験をつんだ苦労人であったら、その笑声にわずかな皮肉のひびきがこもっていることを、さとったにちがいない。ダリューンが容易ならぬ敵手であることを、ヒルメスはよく承知していた。大将軍《エーラーン》ヴァフリーズの甥《おい》であり、彼と互角に剣をまじえた、はじめての男である。

ただ、ダリューンと同行していたナルサスという男については、くわしくは知らない。

「いま、おぬしはナルサスといったが、やつはどういう男なのだ」

こうして、ヒルメスははじめてナルサスという人物の身の上を知ったのである。十日ほど前、ダリューンとともに行動していた。自称「宮廷画家」の正体が、ようやく判明したわけであった。

「そうか、三か国の軍を、口先ひとつで追いかえしたというのか」

銀仮面からもれる声がくぐもった。

「不公平ではないか」

と、ヒルメスは思う。

憎むべきアンドラゴラスの子アルスラーン。まだ十四歳の、未熟な子供でしかない彼が、ダリューンとナルサスという、諸国の王者たちがよだれをたらすほどの人材を配下にしている。なのに、パルスの正統の国王《シャーオ》であるべきヒルメスが、自分より経験のすくない若者ひとりを部下にできるだけとは。

ヒルメスは、せめてサームを部下としたかった。彼ならばひとたび臣従した後には、その武勇と思慮《しりょ》によって、ヒルメスのよき腹心となってくれるであろう。だが、とりあえずはザンデという若者の力が唯一の味方である。

「おれはおぬしの亡くなった父親に、簒奪者の小せがれがどこにひそんでいるか、探るよう申しつけておいた。だが、カーラーンも何かと多用で、ついに見出せぬうちに、非業《ひごう》の最期をとげてしまった。どうだ、おぬしはあのこざかしいアルスラーンめがどこに隠れているか、心あたりはないか」

「そのことについて、ヒルメス殿下にご報告できることを、うれしく思います」

ザンデは目をかがやかせた。

ヒルメスは若者に注意した。自分がこの銀仮面をかぶって正体を隠している間は、自分の本名を呼ばぬように、と。いずれこのことはサームにも言っておかねばならなかった。彼が軽々しく口にするわけもないが。

「かしこまりました。それで、アルスラーンとその一党でございますが、奴らは、南方へむかったそうです」

そしてザンデは、アルスラーン一行のたどった道すじを、かなり正確に説明した。

ヒルメスは記憶をたしかめるようにつぶやいた。

「たしか、あの山地には、諸侯《シャフルダーラーン》のひとりホディールが城を持っていたはずだ。奴はアルスラーンめに加担したのか」

「それが、どうやら逆に、アルスラーン一党の手にかかったらしゅうございます」

「そのような結末になった理由は？」

「くわしくは存じませぬが、聞いたところでは、ホディールは自分がアルスラーンの後見役となるため、ダリューンとナルサスを害しようとし、返り討ちにあったとか……」

ヒルメスはうなずいた。冷笑する声が、銀仮面をわずかに震動させた。

「奴らしい死にかただ。子供心におぼえている。身のほどもわきまえず、欲の深そうな男だった」

「御意でございます。私の父も、ホディールのことを良く申してはおりませなんだ。ところで殿下……」

「殿下はよせ」

「それ、それでございます。いったい私は、殿下のことをどうお呼びしたらよろしいので」

「銀仮面卿《きょう》とでも呼べ。ろくな名ではないが、他に呼びようもあるまい」

話題が変わった。王都の地下にうごめいて、ルシタニア軍の幹部を殺害した怪物の噂《うわさ》は、ザンデの耳にもとどいていた。むろん箝口令《かんこうれい》がしかれていたが、何の役にもたたなかった。

「どうも、気味の悪い話で。あれは魔道とやらいうものでございますか」

「魔道に地行《ガーダック》の術があると聞いたことがあるが、おそらくそれだろう」

ヒルメスが無造作《むぞうさ》に言いすてると、ザンデは気味わるそうな視線で、カーペットとその周囲の床を見まわした。

「心配いらぬ、われらに害を加えてくることはあるまい」

誰がやらせていることか、ヒルメスにはわかっている。ルシタニア軍の知りようもない地下の密室にひそんで、闇にうごめく暗灰色《あんかいしょく》の衣をまとった老人、彼のしわざであろう。

「何を考えて蠢動《しゅんどう》しておるのか、あの魔道士めが。地上に奴の場所があるわけもないのに」

ヒルメスはひとりごとをつぶやいた。軽蔑のことばに、わずかではあるが、不審と不安のひびきがこもっている。むろんそれは、ザンデに気づかれるほどはっきりしたものではなかった。

Ⅳ

自分の部屋にもどると、ヒルメスは銀仮面をはずした。仮面をクルミ材のテーブルの上におき、タオルで顔をふく。

素顔にふれる空気は、密室にこもっていたものであったが、それでも充分にこころよかった。ヒルメスは大きく、ゆっくりと呼吸し、肺のなかの空気をいれかえる。

壁ぎわに、上半身全部がうつるほどの鏡がおかれている。ヒルメスはその前に立つと、右半面をおおう火傷《やけど》のあとに、油薬《ムルル》をぬりはじめた。ふと、視線が動いた。部屋の扉があき、盆をもった召使の少女が顔をだす。鏡のなかで、ヒルメスと少女の視線がぶつかった。

少女の口から悲鳴がほとばしった。盆が大きな音をたてて落ち、葡萄酒《ナビード》の壺、杯《はい》、ほしイチジクをのせた皿などが、カーペットの上にころがった。

ヒルメスは反射的に左腕をあげて顔をかくした。

それが彼の悲しむべき習性だった。十六年前、うずまく炎と煙のなかから脱出して以来の。顔の半分を火神のいけにえにさしだして、ようやく彼は生命をまっとうすることができたのだ。

だが、ふいにヒルメスの両眼が表情をかえた。彼は腕をおろし、ゆっくりと少女をふりむいた。

「それほどみにくいか」

平静をよそおった声が口からすべりでた。

「どうした、それほど恐ろしいか」

相手に対する怒りとともに、自分自身をあざける感情が、彼自身の意思に反して声をわずかにふるわせた。

立ちすくんでいた少女は、ようやくわれに返って、盆や皿をひろいあつめはじめた。

「ああ、だんなさま、申しわけございません。すぐ掃除をいたしますゆえ、おゆるしを」

「おれはすぐ出ていく。そのあとにしろ」

「はい、はい、そういたします」

少女は一礼すると、きびすを返した。走りだしたい思いを必死にこらえているのが、ヒルメスにはわかる。

ヒルメスは無言で少女の後姿《うしろすがた》を見送った。焼けただれた右半分の顔は、もはや表情を浮かべることさえなかったが、白く秀麗な左半分の顔には、いくつもの激しい感情がうずまいていた。少女の悲鳴をきいたとき、即座に一刀で斬り殺すべきだったかもしれないが、時機を失した。追いかけてうしろから斬り殺す気には、なぜかなれなかった。

彼はもういちどふりむくと、鏡に映る自分の顔にむけて拳《こぶし》をつきだした。ぴしっと音がして、鏡は蜘蛛《くも》の巣《す》状にひびわれ、彼の姿をかき消した。

「アンドラゴラス！　簒奪者め！」

地下牢《ディーマース》に幽閉《ゆうへい》した叔父を、彼は暗赤色《あんせきしょく》の憎悪をこめてののしった。

十六年前、彼は国王《シャーオ》オスロエス五世の自慢の王子だった。ある初夏の日、柵《さく》にかこまれた広大な猟苑《パイリダイザー》で、生まれてはじめて熊と獅子《シール》を一頭ずつ矢で射たおし大よろこびで父王に報告にいった。病床の父は、弱々しいがやさしい声で彼の武勇をたたえてくれた。そしてその夜、父王は死んだ――弟であるアンドラゴラスに殺されたのだ。アンドラゴラスは玉座《ぎょくざ》をうばい、さらにその子まで王太子になって、本来やつらのものでもない王権をほしいままにしている。これを許せるはずがあろうか。神々が許しても、おれは許さぬ。

ヒルメスは低く笑った。復讐のあらたな方法を思いついたのだ。

アルスラーンをとらえても、すぐには殺さぬ。その前に、顔の半分を焼いてやる。十六年前、ヒルメスが味わわされた恐怖と苦痛とを、アンドラゴラスの息子めにも、たっぷりと経験させてやるのだ。殺すのは、それからでいい。ならべて首をはねるか。父子たがいに剣をとらせて殺しあいをさせるか。それとも……。

ヒルメスは、ふたたび銀仮面をかぶり、とめがねをかけた。完全に軍装をととのえ、部屋を出る。外ではザンデが待っていた。うやうやしく一礼し、ほえるような声をだす。

「いざ、アルスラーンめとその一党を狩りたてにまいりましょう」

ヒルメスは無言のまま、銀仮面をにぶく光らせて、乗馬のほうへ歩いていった。

「……ヒルメスめが、アンドラゴラス王の息子をとらえるために出ていった由《よし》にございます」

地下の一室に、そう報告する声が流れた。暗灰色の衣の老人がうなずく。

「わが教友アルザングも、こんどは都の外にて罪なき血を流すため出ていきました。村の十ほども殺しつくして後、尊師《そんし》にご報告にもどると申しておりましたが」

「すきなようにさせておけ」

「ところで、あのボダンとやら申す、人殺しのすきな大司教は、生かしておいてよろしいのですか、尊師？」

「生かしておくのじゃな。我らの手のまわらぬところで、罪なき者の血を流してくれようから」

暗灰色の衣の老人は笑った。聖堂騎士団という私兵をえて、ボダンが今後どれほど狂信者としての猖獗《しょうけつ》をほしいままにするか、楽しみであった。

「いずれ、あの男、自分がもっとも残酷に殺させた者どもと同じような方法で、殺してやればよい。神のために殉教《じゅんきょう》できると思えば、どれほどの苦痛であっても、あの男には法悦であろう」

……やがて弟子を去らせてひとりになると、魔道士は、まぶかにかぶっていたフードをぬいで顔をむきだしにした。さほど明るくもない灯火の下で、小さな鏡をのぞきこむ。

「ふむ、ようやく力がもどりはじめたか。もうすこしだの」

満足そうに、鏡のなかで顔が笑った。それは老人の顔ではなく、四十代か五十代の、するどい、精力的な男の顔であった。

第三章　ペシャワールへの道

I

夜鳴鳥《ブルブル》の群が、水晶でつくった笛のような鳴声をあげて、月の下を飛びさっていく。月明かりの山道を、六騎の旅人が、昼間とさしてかわらない速度で進んでいく。アルスラーン王子の一行である。

「ハディード！　ハディード！」

低く、だがするどい声は、女神官《カーヒーナ》ファランギースの端麗《たんれい》な唇から出るものだった。精霊《ジン》たちが夜気のなかでたちさわいでいる。ふつうの人間たちには、目にも見えず耳にも聞こえないが、女神官《カーヒーナ》としての修練《しゅうれん》をつんだファランギースには、それがよくわかる。ゆえに、彼らをしずめるために呪文をとなえるのだが、たとえばギーヴのような不信心者がとなえたところで何の効果もない。ファランギースがとなえて、はじめて意味があるのだ。

「どうも精霊《ジン》どもの機嫌が悪うございます。水晶笛《ライシャール》にもこたえようとしませぬ。思うに、血を欲する者が近くにいて、その悪《あ》しき霊波《れいは》が精霊《ジン》どもをいらだたせているのでしょう」

美しい女神官《カーヒーナ》は、王子にそう説明した。

ペシャワールの城塞《じょうさい》まで六十ファルサング（約三百キロ）の距離であった。カシャーンの城塞でホディールを討って以来、二日三夜の旅で、ここまできたのだ。途中、追跡もうけたし、故人となったホディールの息がかかった追手との戦いもあった。それでも、豪《ごう》胆《たん》な一行にとって危険というほどの危険はなかった。気になるのは、なにしろ敵をさけて遠まわりし、長い山道を馬に乗りつづけであるため、少年ふたりの疲労ということであった。

もっとも、おとなたちの気づかいをよそに、少年たちは元気であった。ファランギースのことばを聞き、ナルサスに申しでて、エラムは馬をとばして夜道を偵察に出た。ほどなくもどってくると、エラムは、精霊《ジン》どものいらだちに正当な理由があったことをつげた。追手がせまっていたのだ。

「かなりの人数です。それに……」

「それに？」

「銀仮面の男が一行のなかにいました」

ダリューン、ナルサス、ギーヴの三人が顔を見あわせた。彼らはその名に、きわめて不吉なものを感じとった。そうならざるをえない経験をしていたのである。

「いそぐとしようか」

ダリューンが言い、一同はそれにしたがった。だが、一ファルサング（約五キロ）もすすまぬうち、ファランギースにとって、精霊《ジン》たちの叫びは耐えがたいものになった。馬上でふりむいて、彼女は見た。背後に数百のたいまつがつらなって、一行にせまっている。夜の奥深くから、遠雷のように馬蹄《ばてい》のひびきがわきおこってくる。

「とまれ！」

ナルサスがするどく指示する。追手がことさらにたいまつをともして、自分たちの位置をあきらかにする理由はなにか。ナルサスは考え、そして気づいた。それは、たいまつの見えない方角へ、アルスラーンたちを追いこむためだ。それ以外にない。ということは、山道の行手に伏兵《ふくへい》がかならずいる。

ナルサスは地形を案じ、ほんの三アマージ（約七百五十メートル）ほど進んで、道が三方にわかれた地点まできた。そのときすでに前方の道からも、剣と騎馬の気配が殺到しつつある。すばやく、ひそやかな会話がかわされ、決断が下された。

「ペシャワールであおう！」

こうして、六人は三組にわかれてペシャワールでの再会を期し、夜道を東、南、北の三方へ走りだした。

自分の左で馬を駆っているのがファランギースだと気づいたとき、ダリューンはややあてがはずれた。彼女を忌避《きひ》するわけではむろんないが、アルスラーン王子のそばを離れないつもりだったからである。ファランギースのほうも同じ思いであったかもしれない。

ダリューンとファランギースは、結果として、もっとも厚い包囲網を突破することになった。それは大いなる災厄であった――包囲陣の兵士たちにとって。

最初にダリューンの前に立ちはだかった騎士は、一合《いちごう》の刃音の直後、脳天からあごまで両断されて馬上からふきとんだ。つづく一騎は、剣をふりかざした瞬間、永遠に右腕をうしない、夜空に絶叫をはねあげて馬上から消える。

ダリューンの剣は、鉄の旋風となって敵兵の間をあれくるい、いっぽうファランギースの剣は細くするどい雷光となって敵兵のなかを走りぬけ、甲冑《かっちゅう》におおわれない場所に、的確で致命的な損傷をあたえるのだった。

ダリューンが黒馬を躍らせていくところ、敵の人馬はことごとく鮮血にまみれて地に倒れる。

恐怖が勇気を上まわり、敵兵たちは、なだれをうってダリューンに道を開いた。彼をねらった数本の矢が、ことごとく斬りはらわれ、命中したただ一本も甲《よろい》をつらぬくことができない。こうなると、抗戦の無意味さを、兵士たちは思い知らされた。役たたずの弓をすて、馬に鞭《むち》をうって、ダリューンの長剣から逃れようとする。

ダリューンとファランギースは、逃げちる敵には目もくれず、ペシャワールへの道をとろうとする。このままいけば、さほど突破はむずかしいとも思えない。

だが、闇《やみ》をつらぬく怒声が、逃走する兵士たちの足をとめた。

「何たるざまか！　逃げるやつは、おれが斬る。ひきかえして戦え！」

新手《あらて》の出現であった。数十の黒影が馬蹄をなりひびかせてふたりの周囲にむらがってきた。

「ダリューンとは、きさまかッ」

とどろくような大声がした。マルヤム製の冑《かぶと》をかぶり、絹の国《セリカ》渡来の刺繍《ししゆう》いりマントを夜風にひるがえした騎士が、連銭葦毛《れんせんあしげ》の馬を駆ってダリューンの眼前に躍りたった。若い顔から猛悍《もうかん》の気が吹きつけてくる。

カーラーンの息子ザンデであった。むろん、ダリューンはそれを知らない。だが、一瞬後にはそれを知ることになった。馬腹をけりつけたザンデが、怒号と、巨大な剣をたたきつけてきたのである。

「おれは万騎長《マルズバーン》カーラーンの子、ザンデだ。きさまに殺された父の無念をはらす。いさぎよくおれの刃《やいば》にかかれ！」

突進は猛烈をきわめた。ダリューンほどの名騎手が、完全にかわすことができず、馬と馬、鞍《くら》と鞍が、かわいた音をたててぶつかったほどである。

殺意と復讐心に燃える両眼が、まっこうからダリューンをにらむ。たくましい腕が高くかざされ、暴風のような斬撃を送りこんできた。

一合の激突の後、両者は馬をすれちがわせた。三十ガズ（約三十メートル）を走りぬけたザンデが馬首をめぐらそうとしたとき、するすると細身の刃がのびてきて、ザンデの目をねらった。「あっ」と、ザンデが顔をふせたため、剣尖《けんさき》は冑をついてするどい金属音《きんぞくおん》をたてた。「女！」とザンデはうなった。剣の持主はファランギースであった。

ザンデの長大な剣がこんどはファランギースめがけて宙を疾《はし》った。

その猛烈な一撃をかわして、ファランギースは雄敵《ゆうてき》に空《くう》を斬らせた。だが、ザンデの大剣は、重く、するどく、ファランギースの乗馬の長首に落ちかかったのである。

美しい女神官《カーヒーナ》の目にうつったのは、乗馬の首が半ば切断される、すさまじい光景だった。

馬は最後のいななきをあげ、半ば切断されたその首の重さにひきずられるように、砂塵《さじん》のなかへ倒れこんだ。地に伏すより早く、頸骨《けいこつ》をくだかれて、すでに死んでいる。

夜空の一部を切りとったような長い黒髪が風に流れた。ファランギースは、馬が倒れるまで、うかうかと鞍にまたがってなどいなかった。鐙《あぶみ》を蹴って宙で一転し、糸杉のように優美な身体を丸める。月光をあびた白い砂上で、完璧《かんぺき》な受身を見せてはねおきた。

ザンデが、馬の血に染まった大剣をかざして、馬を失った女神官に襲いかかった。ファランギースの頭めがけて、斬撃が兇暴《きょうぼう》なうなりをあげる。

その一撃を受けていれば、ファランギースの美しい頭部は、すいかのようにたたき割られていたにちがいない。だが、一ガズ（約一メートル）の距離をおいて、べつの斬撃が、強烈な刃鳴りをたててザンデの大剣をはじきかえしていた。

「ダリューン！」

憎悪《ぞうお》と戦意をこめて、ザンデがほえた。馬首をめぐらし、父の仇《かたき》にむけて、あらためてつきかかる。

刀身が激突し、火花が両者の顔にかかった。第二撃の応酬は、鍔《つば》どうしの衝突をうんだ。第三撃は、馬がはねたため、たがいに空を斬り、第四撃の刃と刃がかみあって、またも火花を散らす。

十合、二十合、三十合。剛剣《ごうけん》どうしの激突は、しばし、どちらがおとるとも見えなかった。

ザンデの豪勇《ごうゆう》が、彼の亡き父カーラーンにまさるものであることを、ダリューンは認めずにいられなかった。とはいえ、むろん、ひるむものではない。彼とても「戦士のなかの戦士《マルダーンフ・マルダーン》」である。技量と経験では、ザンデにはるかにまさっている。

おそるべきは、ザンデの闘志であろう。ダリューンが一か所の傷も受けぬのに対し、ザンデは巨体に五、六の薄傷《うすで》をおい、しかも剣をふるう速さと勢いは、すこしもおとろえない。それどころか、ますます猛気をくわえて、ダリューンに肉迫し、しばしば大剣の厚い刃はダリューンの黒い甲《よろい》をかすめた。

黒衣の勇者が、ザンデにかかりきりになっている間に、美しい女神官は、馬上の敵のひとりと剣をまじえて、地上に斬りおとしていた。見えない羽でもはえているような身軽さで、奪った馬にとびのる。鞍の前輪《まえわ》にかかった弓をとり、両足だけでたくみに馬をあやつりながら矢をつがえた。

「さきほどの返礼じゃ、受けとれ！」

ファランギースの弓から放たれた矢は、まるで見えない糸に引かれるような正確さで、ザンデの乗馬の右目に突きささった。

連銭葦毛は、暴風にあおられたかのようによろめき、横転した。

ザンデの巨体は、剣をつかんだまま勢いよく地上に投げ落とされた。受身に失敗し、したたか背中をうってうめき声をもらす。

一瞬の半分の間、ダリューンはためらった。これまで、敵を馬上から斬って落とした回数はかぞえきれない。だが、落馬した敵を、立ちなおる暇《いとま》もあたえず斬殺したことはなかった。

そのためらいが、ザンデの生命を救った。ダリューンの剣は、撃ちおろされはしたが、ザンデの冑にあたってはね返った。ためらいがなければ、ダリューンの剣は冑を両断してザンデの頭蓋《ずがい》をたたきわっていたであろう。

それでも、強烈な打撃が、ザンデの目をくらませ、彼はうなり声をあげて地にはいつくばった。

とどめの一撃をふりおろす余裕は、ダリューンにも、もはやなかった。ザンデの部下たちが槍と投石の壁で、若い主人を守ろうとしたのである。

ファランギースが声をかけ、うなずいたダリューンは馬首をめぐらして、争闘の場を脱出した。

彼らの後姿《うしろすがた》が月光をあびて遠ざかるころ、ようやくザンデが砂まみれの巨体をおこす。

「追え！　だが殺すなよ。ダリューンの首と心臓はおれのものだ」

ザンデは冑を地にたたきつけ、獅子《シール》のように髪をみだしてどなった。

「あの髪の長い女は、きさまらのうち、いちばん手柄をたてたやつに、くれてやる。美女がほしければ、力で手にいれろ」

兵士たちが歓声をあげた。ザンデは冑をひろいあげ、騎手をうしなった馬の一頭にまたがると、額《ひたい》の傷から流れおちる血を舌でなめとった。


ダリューンとファランギースは、驚嘆すべき練達の馬術で、岩だらけの山道を駆けさっていく。

ザンデとその一党は、執念ぶかくそれを追ったが、時がたつにつれ距離は開くいっぽうであった。

やがて行手の山嶺《さんれい》が、縁を暁《あかつき》の最初の光に浮かびあがらせはじめた。いくつかの山に、ダリューンの記憶がある。かつて、遠く絹の国《セリカ》へおもむいたとき、また三か国連合軍と戦ったとき、あれらの山々を見はるかしつつ、大陸公路を東へ進んだものであった。

ファランギースが、ダリューンに革の水筒をすすめた。受けとって口をつける黒衣の騎士に女神官が問いかける。

「おぬし、あのザンデなる者に剣をふりおろすことを、ためらったであろう？」

「うむ……」

「甘いのう、おぬし」

きめつけたファランギースの声には、わずかな笑いもふくまれていた。ダリューンも苦笑をかえす。

「おれもそう思う……」

あのザンデという若者が、野の獅子《シール》より危険な、甲冑をまとった猛獣であることを、ダリューンは思い知らされていた。相手が落馬した身であろうと、剣を撃ちおろすことをためらうべきではなかったのだ。

「あの銀仮面の男といい、ザンデといい、アルスラーン殿下も、たいへんな敵をお持ちのことだ」

つくづくそう思う。守ってさしあげねば、と思う。それが亡き伯父ヴァフリーズに対してたてた、ダリューンの誓約だった。それにしても、伯父はいったいアルスラーン王子の身の上について、何を知っていたのであろう。

ダリューンの彫りの深い横顔に、ファランギースが考え深そうな視線をむけたが、口に出しては何も言わなかった。

II

アルスラーンとエラム、それにギーヴの三人は、東の包囲をつきやぶって夜道を疾走していた。ギーヴの剣で三人、アルスラーンとエラムもひとりずつを永遠に落馬させ、谷川をわたるとき、さらにギーヴの弓矢で二騎を射おとし、追手がたじろぐすきに、たがいの距離を半ファルサング（約二・五キロ）ほどもひらくことに、一時は成功した。

「おれには不似合の役どころだな」

ギーヴはぼやいた。六人が三組にわかれるなら、彼はむろんファランギースと行動をともにするつもりだった。ところが、彼の右で馬を走らせているのは、アルスラーンとエラムで、彼にしてみれば、護衛役というより、おもり役をあてがわれた気分である。

彼ひとりなら追手との距離をさらに広げられたであろうが、やがて後方から馬蹄のひびきがせまってきた。追手も、えりすぐった騎手をそろえて、追跡隊を編成したらしい。

「もし、おれが悪人なら……」

と、ギーヴは、まるで善人のような仮定法を用いて考えた。

「この王子さまをルシタニア軍につきだして、金貨《デーナール》十万枚を賞金にもらうところだな。だけど、おれは生まれつき、こすいこととむごいことができないからなあ」

たのもしいはずの護衛役がこんなことを考えているとは、少年たちは知るはずもない。そのうち道がせばまり、丈《たけ》の高い草が行手をさえぎった。

「アルスラーン殿下、こちらへ！」

エラムが叫び、先に立って丈の高い草をかきわけたが、ふいに立ちどまった。少年の口から、自分自身をののしることばがもれた。草のむこうに、月光を反射する金属の群がひそんでいるのを発見したのだ。甲冑と剣と槍の群。

「ひきかえして――！」

エラムの声を待っていたように、金属の群がひびきをあげて立ちあがった。月光をひきさいて、無数の矢が飛来する。しかもその矢は、人でなく馬をねらってきた。

自分自身をねらう矢は、斬りはらうことができる。だが、馬をねらわれてはどうすることもできない。

三頭の馬は前後して草のなかに倒れ、三人はつぎつぎと徒歩になった。敵兵が歓声をあげて突進してくる。

「金貨十万枚の賞金首だ。腕一本でも、いくらかにはなるぞ！」

ギーヴの剣が、低い位置で水平に走った。敵兵の片脚が、ひざの部分から吹きとび、血と絶叫がほとばしる。

「逃げろ！」

少年たちに叫んで、ギーヴは第二閃《せん》をふたりめの敵兵の頸部《けいぶ》にたたきつけた。仲間の首が宙にとぶのを見て、敵兵たちがひるむ。

「逃げろ、何をしている⁉」

少年たちが立ちすくんでいるので、ギーヴは彼らのそばに駆けよった。もう一度どなろうとして、声をのみこむ。草のむこうは深い渓谷だった。崖がきりたち、底には月の光もとどかず、かすかに水流のひびきがせりあがってくる。これでは逃げようにも逃げられるはずがない。

敵兵たちが剣の壁をつくって肉迫してくる。ギーヴは前を見、後ろを見た。ある考えが、「流浪《るろう》の楽士」の頭にひらめいた。

「ええい、やってやる！」

ギーヴは、剣を鞘《さや》におさめると、にわかに両腕をひろげた。少年たちが、はっとする間もない。ギーヴの右脇にアルスラーンが、左脇にエラムがはさみこまれていた。

ギーヴは崖の縁を蹴った。

「あっ……！」

追跡してきた兵士たちが、息をのんで見まもるなか、アルスラーンたち三人の姿は崖下へ消えてしまった。

あわてて崖の縁にかけより、下をのぞくが、つきだした岩やおいしげった草が視界をさえぎって、三人の姿は見えない。さらに下方を見やっても、月光のとどかない深い谷だ。

「下へおりて、やつらをさがせ！」

隊長が命令する。ためらう兵士たちを見て、隊長はつけくわえた。

「やつら、自分たちでとびおりて、死ぬか大けがをしているだろう。もう危険はない。お前ら、金貨がほしくないのか？」

ギーヴの剣技にひるんでいた兵士たちも、その声で元気をとりもどした。歩兵はそのまま、騎兵は馬からとびおり、断崖の下へおりる道をさがして左右に散る。

兵士たちを煽動《せんどう》するのに成功した隊長は、満足して断崖の縁に立った。彼も無欲な男ではない。兵士たちに王子たちの死体をさがさせ、上前《うわまえ》をはねるつもりなのである。万が一、あの危険な剣士が生きていて、それと対決せねばならないとしたら、金貨どころではない。

はるかな谷底をもういちどのぞきこむ。

その瞬間である。月光をはじいて突きだされた長剣が、隊長のあごの下をつらぬいて、口のなかに剣尖をとびださせた。

声もたてず、隊長は絶命し、剣がひきぬかれると、死体は前にのめり、断崖の縁から夜の底へ転落していった。

「ふん、断崖の一番下まで落ちなきゃならん義理が、どこにあるかよ」

せまい岩棚からはいあがったばかりのギーヴは、そうつぶやいた。その岩棚は、崖の縁から、ほんの五ガズ（約五メートル）ほど下にあったのだ。

崖の上に置きざりにされた馬のなかから、三頭を選んで、三人は走りだした。崖下へおりる道をさがしてうろうろしていた兵士たちの幾人かが、それに気づいて叫び声をあげたが、たちまち彼らの背後に遠ざかっていく。

「ギーヴ、おぬしのはたらきに礼を言う。おぬしにどうむくいたらいい？」

小一時間ほど走ったとき、王子が馬上でそう声をかけた。

「いや、おれは地位や官職がほしいとは思いません。まあ、ゆっくりと考えさせていただきましょう」

「エラムは？」

問われた少年は、ややそっけない声で、王子に答えた。

「私もべつに何もほしくありません。お気づかいなく」

「では、将来は何になりたいのだ」

「ナルサスさまが決めてくださいます。とにかく、おとなになるまではナルサスさまのおそばで学問を教えていただくつもりです」

エラムの忠誠心は、まずナルサスにむけられていて、アルスラーンに対しては間接的なものだった。王子に対して、義務と責任はきちんとはたすが、それはナルサスがそう望んでいるからなのだ。

アルスラーンは何か言いかけて、だまってしまった。

無言のまま、三人はさらに馬を走らせた。

いつか月が中天からかたむきはじめている。

「たぶん、われわれが最初にペシャワールに着くでしょうな」

アルスラーン、ギーヴ、エラム、三人のとった道は、ほぼまっすぐ東へのびている。他の二組は、いったん山地の北と南にまわりこんでから、東へむかうことになる。

それにしても、他の三人はどういう二組にわかれたのだろう。いちおう安全になったところで、ギーヴはそれが気になった。

ファランギースがひとりならひとりで気になるし、ダリューンかナルサスのどちらかといっしょであれば、それもまた気になる。ふたりの男のうち、どちらかがいい目を見ているわけで、ギーヴとはえらいちがいである。

「こうなると、早いところペシャワールにつくしかないな」

ギーヴがそう考えたとき、エラムが小さな叫びをあげた。道の左にある、ゆるやかな崖道を、一隊の人馬が駆けくだってくる。「王子をとらえろ」という叫びが夜風に乗って流れおちてきた。

「何としつこい……！」

ギーヴが舌打ちした。

敵兵の数は、百人をこす。ただ、騎兵は十騎ほどで、あとは歩兵である。ということは、奴隷《ゴラーム》であると見てよい。

敵である以上、斬ってすててもよいが、流血をさける方法がないでもない。ただ、それを使う価値が、あるかどうか。

「どうも、なかなか簡単には、ペシャワールの城塞に行かせてもらえそうもありませんな」

ギーヴの声に、王子がこたえた。

「では、ますます行く価値がある。彼らがこれほどしつこく追ってくるということは、ペシャワールが敵の手に落ちていないということだから」

「ふむ、それはそうですな」

思わずギーヴがアルスラーンを見なおしたとき、夜明け直前の冷気をひきさいて、矢の雨が、ななめ後方からふりそそいできた。

一夜のうちに、エラムは二度も乗馬をうしなうことになった。首と横腹に矢を受けて、馬はエラムを乗せたまま横転した。

「エラム！」

叫ぶより早く、アルスラーンは馬首をひるがえした。馬を失った少年を守るために、敵の前へ駆けもどっていく。

「ほう、何とねえ……」

ギーヴの紺色の瞳に、半ば感心したような、半ばあきれたような光がかがやいた。ギーヴは、王族だの貴族だのといった連中に、徹底的に反感をいだいていたから、「身分の高い者は恩知らずである」ということわざを心から信じていた。エラムはアルスラーンから見れば、部下のさらに従者であるにすぎない。それをわざわざ救いにいくとは、ギーヴには信じられない酔狂《すいきょう》である。

「見すてるわけにもいかんな」

自分自身に言いわけするようにつぶやいて、ギーヴも勢いよく馬を返した。

馬からとびおりて、アルスラーンはエラムを助けおこした。その頭上に剣を振りおろそうとした騎兵は、ギーヴが彼にむかって駆けよる姿を、ちらりと視界の隅にみとめた。兵士の右手は、剣をつかんだまま、月をめがけて吹きとんだ。すさまじい悲鳴をはなって、兵士の身体は馬上からもんどりうった。

馬はそのままギーヴのそばを駆けぬける。ギーヴのすさまじいばかりの剣技を見て、追手はあきらかにたじろいだ。馬に乗った隊長らしい男は、槍をかまえた歩兵たちをどなりつけ、ギーヴを追いつめさせようとした。おっかなびっくり、それでもじわじわと長槍の列がせまるのを見て、ギーヴは羊皮《ようひ》の袋をとりだした。

ギーヴは片手で羊皮袋の口をあけると、そのまま宙にほうった。

袋の口から、星の群がとびだしたようだった。ギーヴがこれまで悪党や富豪や兵士から、せっせと徴集してきた金貨と銀貨が、月光を反射してきらきらと光りながら宙をまい、地上へおちていく。兵士たちは、欲望の叫びをあげると、槍をほうりだし、地面にむらがって金貨や銀貨をひろいあつめはじめた。奴隷《ゴラーム》の彼らにとっては生命を買えるほどの大金だ。

「ばか者ども！　戦わんか。欲の深い奴隷どもめ、わずかの金に目がくらみおって」

血相かえてわめきたてる隊長に、ギーヴが乗馬を駆って躍りかかった。あわてて剣をかまえたが、まにあうものではない。

「よくも大損をさせやがって！」

隊長がこの世で聞いた、それが最後のことばだった。

指揮者の首が、ギーヴの横なぐりの一刀で、三ガズ（約三メートル）ほど空中を水平移動するのを見ると、金貨や銀貨をひろいあつめていた兵士たちは、わっと悲鳴をあげ、きびすをかえして逃げだした。わずかな金銭をえて、逃亡奴隷となるしかない彼らの未来は、あかるいものではないが、そこまでギーヴに責任はもてない。

刃をふって血を散らせ、剣をおさめ、隊長の乗馬の手綱《たづな》をとると、ギーヴは少年ふたりのもとに馬をよせた。ふたりは立ちあがったところだった。王子がギーヴを見て、また義理がたく礼をのべる。どういたしまして、と、ギーヴは半ば本気でそれに応じた。

三人は、また馬に乗り、東へむかった。東の空は、朝の光に侵略されはじめている。やがて、アルスラーンが口をひらいた。

「エラム」

「……何でしょう、殿下」

「私がきらいか？」

びっくりしたように、エラムは、馬をならべた一歳年長の王子を見なおした。

「なぜそんなことを……？」

と、口ごもる。

「私はお前と友だちになりたい。もしきらいでないなら友だちになってくれないか」

「……私は解放奴隷の子です。友だちなどと、殿下と私では身分がちがいすぎます」

「身分などというなら、私は誰ひとり友だちができなくなる」

「いずれにしても、助けてくださって、殿下にはお礼の申しようもございません。ご恩はきっとお返しします」

エラムも、彼なりにかたくななところがあるらしく、アルスラーンの頼みにおいそれと答えようとはしなかった。アルスラーンのほうは、だからといってとくに気を悪くしたようすもない。「気にするな、私も助けてもらった」と言って笑った。

「どうも、妙な王子さまだな」

そうギーヴは思う。王族だの貴族だのに対する先入観を、この王子はつぎつぎとうちくだいてくれるのだ。ふと、あることを思いついて、ギーヴはたずねた。

「殿下、あなたは小さいころ、王宮の外で育てられたのではありませんか」

「どうしてそう思う?」

「何となくですが……ちがいますか」

「いや、あたっている。王宮の外にいたほうがずっと私は長いのだ」

アルスラーンが完全に王宮での生活をはじめたのは、つい二年前のことだ。王太子に立てられた直後の半年間をのぞくと、その前も、その後も、アルスラーンは乳母夫婦の家で育てられた。乳母夫婦は騎士《アーザータ》階級《ーン》の者で、王都の一角に家をかまえ、アルスラーンはそこから街の教師の家塾《かじゆく》にかよった。自由民の子や、ときには旅芸人《ガジャル》の子と遊んだ。王宮より、街のくらしが、彼はずっとすきだった。

「その乳母夫婦は、いまも元気ですか」

アルスラーンは眉をくもらせた。その表情が、すでに返答になっている。

「二年前に死んだ。古い葡萄酒《ナビード》の中毒で。それで私は王宮にはいって暮らすようになったのだ」

「なるほど……」

ギーヴはうなずいたが、ほんとうに中毒死だったのだろうかと、うたがった。諸侯《シャフルダーラーン》ホディールの城で耳にした、ナルサスの話を思いださずにいられない。表面にあらわれた権力と栄華《えいが》のかげで、パルス王家は不吉な、まがまがしい怪物を、長い年月の間やしなってきたのではないか。アルスラーンの乳母夫婦は、王子を育てる間に何か知ってはならないことを知ってしまったのではないだろうか。そして……。

ギーヴは、赤紫色の髪をかきあげつつ苦笑した。まああまり先ばしった想像はやめよう。考える材料がまだ不足しすぎている。

ただ、ひとつだけたしかなことがある。事態はこれからますますおもしろくなっていく、ということだ。主君を持って忠誠をつくす、などという生きかたをギーヴは軽蔑してきた。だが、アルスラーン王子とともにあれば、単なる楽士兼盗賊よりはるかに波瀾《はらん》にみちた日々を送れそうであった。それに、国に王が必要なものであるとすれば、どうせなら悪王より善王のほうがいいにきまっている。

この坊やは、善王としての素質をもっているかもしれない。まだ十四歳である。きちんと王位につくまで十年かかるとしても、二十四歳の若い王だ。ナルサスあたりが、この王子をどんな王者に育てるか、なかなか観物《みもの》であるように、ギーヴには思われた。

Ⅲ

そのナルサスは、ただ一騎、南の尾根をこえる山道に、馬を走らせていた。夜が明けるまでに、いくつかの包囲を突破し、追跡をかわして、どうにか安全になったように思える。

ギーヴとちがった意味で、彼も不本意であった。アルスラーンは豪雄ダリューンにゆだね、自分はエラムをともないたかったのだ。もう一組は、ギーヴとファランギース。それがもっとも自然な組みあわせだと考えていたのだが、闇と混乱と偶然とが、彼の考えをうらぎってしまった。どこが智者やら、と、苦笑したくなる。

彼自身は、ただ一騎でも身を守る自信はある。気になるのはふたりの少年だ。足手まといになるような無力な少年たちではないが、他《ほか》のおとなたちがいずれも傑出《けつしゆつ》した戦士《マルダーン》であるため、大きな差がつくことであろう……。

彼は手綱をひいた。道の左前方に、ひとかたまりの岩場があり、暁の空の下、岩場に立つ人影が見えた。ナルサスが馬をとめると、その人影もすっと姿を消した。

「ちっ、ここにも待ち伏せていたか、隙《すき》のないやつらだ」

ナルサスは舌打ちしたが、馬首をむけかえようとして中止した。岩場のむこうから、はげしく剣を撃ちかわす音や、悲鳴がきこえたのだ。彼と無関係のところで、何やらさわぎがおこっているようだった。これをさいわいと行きすぎようとしたが、ふと好奇心がわいた。彼は馬蹄の音をたてないよう、砂地をえらんで岩場に近よった。

ナルサスも千里眼ではない。彼にとって忌むべき銀仮面の男——ヒルメスが、百騎ほどのえりすぐった部下をひきいて、この道をたどるであろう一行を待ちかまえていたことを知らなかった。

そしてヒルメスにとっても、意外な敵対者が、そこにあらわれたのだ。彼が気づいたとき、岩場の周辺はすでに包囲されていた。

「ゾット族だ！」

畏怖《いふ》の念をこめた叫びが、ヒルメスの周囲でおこった。それはナルサスが剣のひびきをきく、ほんのすこし前だった。

ゾット族は、砂漠や岩山の地方に出没する剽悍《ひょうかん》な遊牧の民で、ときには各国の傭兵《ようへい》となり、ときには盗賊となる。ヒルメスの一行は、ゾット族にとって、獲物というより、なわばりに侵入した敵であった。彼らの名誉と実力をしめすため、侵入者を見のがすわけにはいかなかった。

ひとりの大男が、馬上から声をかけてきた。

「おれはヘイルターシュ。ゾットの族長だ」

体格にふさわしい大声である。

年齢は四十歳になるかどうか。ヒルメスも長身だが、ヘイルターシュの丈《たけ》はそれにおとらず、肩幅の広さや胴の厚さは、ひとまわり上まわる。

周囲の砂地や岩かげから出現したゾット族の数は、ヒルメスの部下にくらべれば、ほぼ半数であった。それでも出てきたのは、自分たちが強いと思いこんでいるためであろうか。

銀仮面の眼光が、毒《どく》にみちてかがやいた。ヘイルターシュは気がついたようすもなく、単騎、馬を走らせてきた。雄大な体格にふさわしく、武勇にも自信があるのだろう。大剣をむぞうさにかまえ、その尖端《せんたん》をヒルメスにむけたまま、品さだめをするように両眼をほそめた。とても好意をもつ気になれなかったようである。

「奇妙な仮面などかぶりおって！　ヘイルターシュの名を聞いたろう。助けてほしくば、馬からおりて剣と金をさしだせ」

ヒルメスは銀仮面ごしに冷笑の波動をはなった。

「おれは生まれながらの王侯、体内に卑賤《ひせん》の血など一滴も流れておらぬ。きさまごとき、人とも猿ともわからぬ蛮人《ばんじん》の名など、知るはずがあろうか！」

ヘイルターシュは単純な男で、ヒルメスの冷笑が何を意味するか、考えようとはしなかった。あまりの無礼な言いぐさに、かっとなり、巨大な剣を振りかざしてヒルメスに襲いかかった。

剣はうなりを生じた。獅子《シール》の首を一撃で両断するほどの勢いであった。だが、ヒルメスの反応は、さらに速かった。

ヘイルターシュの剣は、一瞬前までヒルメスが立っていた空間を、音をたててなぎはらっただけであった。うろたえたゾット族長の目に、べつの剣の光が映った。

「王侯の手にかかって死ねるのだ。名誉と思え！」

ヘイルターシュの耳に聞こえた、それが最後のことばだった。鈍い、こもったような音をたてて、ゾット族長の首は大地にころがり、血と砂と風にまみれながら、胴体から遠ざかっていった。

ゾット族の男たちは、族長を一撃にほうむられて、さすがにひるんだのであろう。馬上でなりをしずめた。だが、ほどなく静寂をやぶって、一騎が駆けだしてきた。頭に水色の布をまいた、ほんの少年のように見える。

「よくも親父《おやじ》を殺したな！」

それは少女の声であった。もし銀仮面をかぶっていなければ、ヒルメスも、意外な表情を隠しきれなかったかもしれない。

「酒ずきで無学で女ずきで、どうしようもない親父だったけれど、あたしにとっては生命の親だ。仇をとる！」

そして父親の部下たちをふりむいて叫んだ。

「やってしまえ！」

それを合図に、ゾット族がいっせいに剣をぬきつれ、ヒルメスの一党におそいかかってきた。迎撃《げいげき》を命じようとするヒルメスに、少女がせまった。

「どこをむいている。お前の相手は、このあたしだ」

声と剣が同時だった。ヒルメスは少女の斬撃をかわした。半分以上、本気でかわしたのだ。それほど少女の剣技は、油断ならぬ域に達していた。むろん、とうていヒルメスにおよぶものではないが。

斬りかかった者と、かわした者とが、ともに体勢をたてなおす。

「小娘、きさまの名は？」

「アルフリード。ゾット族長へイルターシュの娘だ」

年齢は十六、七歳か。目鼻だちははっきりしており、繊細ですらある。

「アルフリードとは、本来、王族や貴族の姫君に使われる名だ。下賤《げせん》な盗賊の娘にはすぎた名。増上慢《ぞうじょうまん》にふさわしい罰をくらわせてやるべきだろうな」

「やってみるがいいさ、仮面の人妖《ばけもの》！」

アルフリードは剣をかまえなおした。クルミのむき身色をした肌、黒い瞳が灼熱《しゃくねつ》した光を放っている。

少女は勢いよく馬の腹をけりつけ、剣尖をヒルメスにつきこんできた。

ただ一合だった。アルフリードの手から剣がはじきとばされ、陽光にきらめいて宙で回転する。

つづくヒルメスの一撃は、だが、かわされた。アルフリードは、曲芸師もおどろくほどの身軽さで、とんぼがえりをうって、第二撃に空を斬らせたのだ。だが、当然ながら、それはアルフリードに馬をうしなわせる結果となった。

馬上から、さらに一閃《いっせん》がたたきつけられる。アルフリードはそれも間一髪《かんいっぱつ》でかわした。

「よくかわす。だが、きさまが逃げてばかりいる間に、手下どもはあわれなことになっているぞ」

アルフリードは、はっとして周囲をみわたし、立って動く人間がすべて敵であることを確認した。みじかいが激烈な戦闘がおわっていた。ゾット族はことごとく地に倒れて息たえている。だが、同時にヒルメスの部下も半減していた。

「たかが盗賊が、わが部下を幾人も殺してくれたものだな」

銀仮面の両眼に毒炎《どくえん》がゆらめいた。

ヒルメスにすれば、アルスラーン一党をとらえるべき網を、「下賤な盗賊ども」にずたずたにされたのだ。怒りは、はなはだしかった。いまやひとりの味方もないこのゾット族の少女を、一刀で両断してのけねば気がすまない。ヒルメスはあらためて剣をふりかざした。

そのときである。

岩の間から、ヒルメスの部下がひとり、悲鳴を発してよろめき出たと見るまに、砂上に倒れた。

あふれかえる陽光の下で、沈黙が空気を凍《い》てつかせたように思われた。

ひとりの騎士が、むしろのんびりとしたようすで岩かげから姿をあらわした。だが、片手の剣はすでに血ぬられている。

「ほう、これはおもしろい。銀仮面の君か」

愉快そうに、意外そうに、また皮肉をこめて呼びかけたのは、「宮廷画家」と名のった若い男だった。ダイラムの旧領主ナルサスであることを、いまヒルメスは承知している。

「ひさしいな、へぼ画家。王都で食うにこまって、辺境の地まで流れてきたか」

「おぬしにつきあっていると、だんだん人外境《じんがいきょう》へ近づいていくようで、こまったものだて」

「……きさまは、かつてアンドラゴラスめの忌避を買って、宮廷を追放された身だそうだな」

「よくご存じでいらっしゃる」

ナルサスは笑ってみせたが、警戒の気分がこみあげるのを自覚した。銀仮面の男の真意を、このとき彼ははかりかねた。

「アンドラゴラスの小せがれはどこにいる？」

「そうだな、おぬしが死んだら教えてさしあげてもいいが」

「できるか？」

「まあ、努力してみるとしようか」

雄敵であることは、たがいに承知している。手を出そうとする部下を制して、ヒルメスが馬を躍らせた。それに応じて、ナルサスが馬をすすめる。

ふいにナルサスは、あわてて手綱をひっぱり、馬をさおだたせた。雪豹《ユーズ》のような身軽さで、彼と銀仮面との間にとびこんできた人影がいたのだ。水色の布に頭髪をつつんだ少女の姿を、ナルサスはみとめた。

「手を出すな！　こいつは親父の仇だ、あたしが倒す！」

アルフリードだった。馬上のナルサスを見あげる眼光が、真剣そのものだ。ナルサスは馬をしずめながら少女を見かえした。

「仇というなら、この男をおぬしにゆずってやってもよいが、おぬし、剣も持っていないではないか」

「だから、あんたの剣をお貸しよ」

当然のような表情で、ずうずうしく、馬上のナルサスに手をさしだす。ダイラムの旧領主は、かるくまばたきし、場ちがいな笑声《わらいごえ》をようやくこらえた。

「貸してもよいが、担保はどうする？」

銀仮面という雄敵をひかえて、つい少女をひやかしてみたくなった。ナルサスの悪癖《あくへき》であろう。

「親の仇をうとうという、けなげな女の子に剣を貸すのに、担保をとるっていうの!?」

「なにしろ初対面だものな、安全第一をとりたいわけさ」

「しみったれだね。女にもてないよ」

「ふたりとも、漫才《ババーネ》は、そのくらいにしておけ」

銀仮面から、ひややかな声が流れでた。

「へぼ画家、この小娘がおれに勝てると、本気で思っているのか」

「できれば勝ってほしいと、本気で思うね」

じっさいに、これはナルサスの本心であるが、いまのところ不可能であることも承知している。ナルサスでさえ、完全に勝算があるわけではない。そもそも、彼の目的は、少女を救うことであって、銀仮面と雌雄《しゆう》を決することではなかった。だから、事情を知ってから彼らの前に姿を見せるまで、ちゃんと準備をしておいたのだ。

ヒルメスが、毒舌《どくぜつ》の応酬にあきたか、剣に殺意をこめて殺到しようとしたとき、ヒルメスの部下のひとりが絶叫した。ふりむいたヒルメスは見た。まぢかの岩場から、いくつかの岩が砂地へむけてころがりおちてくる。

狼狽《ろうばい》とおどろきの叫びがいくつも反響しあった。おどろいていないのは、ナルサスだけであった。彼がいくつかの石と木片と革ヒモを利用してつくっておいたてこが、時間をかけて動きだし、つぎつぎと連鎖的に岩石をなげおとしているのだ。ヒルメスすら、とっさにナルサスらのことを忘れ、ふりそそぐ岩石から、あわてて身をかわした。

岩石の雨がやみ、砂煙がはれたとき、ナルサスとアルフリードの姿は彼らの前から消えていた。

ふたりを乗せた馬は、ヒルメスらを置きざりにして、岩だらけの道を東へと走っている。

「あの仮面の男……」

ナルサスの背中にしがみつきながら、アルフリードが元気だけは充分に叫んだ。

「今度あったら、かならず、あの性質《たち》の悪い心臓をひとつきしてやるんだから！　こんどはじゃましないでおくれよ」

「ああ、このつぎは高みの見物にまわらせていただく」

「でも、とにかく、今日のところはあんたに助けてもらったわけだし、何かお礼をしなきゃね」

少女は考えこんだが、すぐ声をはずませた。

「そうだ、あいつを倒したら、あの気色悪い銀の仮面は、あんたにあげるよ」

「仮面をね」

「とめがねをはずして、金鎚《かなづち》でたたいて一枚板にしたら、銀貨《ドラフム》百枚分ぐらいにはなるよ。半年ぐらいは遊んでくらせるんじゃない？」

「悪くない話だな」

将来のことはともかくとして、ナルサスとしては、できるものならあの不吉な銀仮面の正体を知りたい。対峙《たいじ》して何か気づいたことはないか、少女にたずねてみた。

「そういえば、何だかえらそうなこと言ってたなあ」

「ほう、どんな？」

「自分は王侯の出身だってさ。どこの世界に、仮面をかぶった王さまがいるってのさ。頭が変なんだよ、あいつ」

アルフリードがおかしそうに笑った。ナルサスは笑わなかった。笑えなかった。彼はアルフリードより多くのことを知っていたし、右半面の焼けただれた素顔を見たことがあるのだった。

ナルサスの頭のなかで、いくつかの記憶と知識がいりまじり、泡をたててとけあった。そこから、ひとつの名前がうかびあがる。パルス王家の系図につらなる名前だ。

「……しかし、まさか」

つぶやいてから、いつまでもこの少女をつれ歩くわけにもいかないことに気づいた。

「おぬし、どこか行くあてがあるのなら、適当なところでおろしてやるぞ、言ってみなさい」

それを聞くと、アルフリードは憤然《ふんぜん》としたようにナルサスのうなじを見あげた。

「それはないだろ。いったん助けたら、最後まで責任をとってくれなきゃ。ここであたしを置きざりにして、あの銀仮面に殺されたりしたら、あんた、きっと後悔するよ」

少女の主張に、ナルサスは反論できなかった。しかたがない。もうすこしつれて歩いて、何とか身のふりかたを考えてやらねばならないだろう。そのつもりなどなかったにしろ、ゾット族のおかげで、ナルサスはヒルメスらの待ち伏せをまぬがれたのだし、助けたからには以後も相応の責任がある。最初から助けなければよかったのかもしれないが、それはナルサスにはできないことだった。しかたない、と、苦笑しつつ覚悟をきめざるをえない。

「あんたの名は？」

「ナルサス」

「じゃ、ナルサス、これからよろしく」

よろしく、と、ダイラムの旧領主は口のなかで答え、気をとりなおしたように馬を走らせた。

IV

その小さな村にナルサスとアルフリードがはいったのは、太陽が下端を彼らの後方にひろがる山々の稜線《りょうせん》にかさねあわせた時刻である。ずいぶん遠まわりをさせられたが、ここまでくればペシャワールは目前のはずであった。

ナルサスとしては、ペシャワールの城塞にたどりつくまで、なるべく人目につきたくなかったのだが、ふたりをのせた馬が、かなり疲労しているので、休息をあたえなくてはならなかった。できれば、もう一頭、馬がほしい。

村の入口で、ふたりは馬からおりた。馬をいたわりつつ、村に近づきながら、ナルサスは不吉な印象をおぼえた。黄昏《たそがれ》、夕食の用意をする時刻であるのに、村の家々から炊い煙《すいえん》があがっていないのはなぜか。そろそろ灯火がともるころでもあるのに、すべての家の窓が暗いのはなぜか。

「馬を買うにしても、お金はあるの？」

現実的なことをアルフリードに問われ、ナルサスはむぞうさに羊皮の袋を少女に手わたした。袋の口をあけたアルフリードが目をみはる。

「馬が百頭ぐらい買えそうだね。何でこんなに金貨《デーナール》を持ってるのさ」

「なぜといって、もともとおれのものだが」

アルフリードはしかつめらしい表情をした。

「ふうん、あんた、あんまりまともな生活をしてなかったんだね。見かけはまともそうだけど」

「どうしてそう思う？」

「金貨なんて、まともな人間の手には、はいらないようになっているんだよ。もし自由民《アーザート》が金貨なんて持ってたら、役人がきて拷問《ごうもん》するくらいさ。どこかで盗んだにきまってるといってね」

ナルサスは返答ができなかった。自分が諸侯《シャフルダーラーン》の家柄の者であると言う気にはなれなかった。まったく、まともな身分などではないのだ。諸侯だの貴族だのという存在は。

ふいにアルフリードが彼の腕《うで》をつかんだ。

彼女の、凍りついた視線を追って、ナルサスは見た。一軒の家の戸口に、男がうつ伏している。流血のあとが、男の死を証明した。

死体のふところから羊皮の袋がはみだし、こぼれおちた銀貨《ドラフム》と銅貨《ミスカール》が夕陽を反射してきらめいている。細い眉をしかめて、アルフリードがあとずさった。ゾット族がもともと砂漠の剽盗《ひょうとう》であることを思いだして、ナルサスはたずねた。

「どうした、財布をとらないのか」

アルフリードは、きっとしてダイラムの旧領主をにらんだ。本気で怒っている。その表情が、ナルサスを一瞬びっくりさせるほど生気にみちて美しい。

「ゾット族は、死人と病人からは奪わないよ。見そこなうな！」

「悪かった」

ギーヴとは反対の哲学らしい、と思うと、わびつつも、ナルサスはおかしい。

それにしても、この惨状はどうしたことであろう。ナルサスは、村のいたるところに死体がころがっているのを確認して、心のなかで腕を組んだ。異様だったのは、老若《ろうにゃく》男女をとわず、死体の大半が下半身に致命傷をおっていたことである。いっぽうで、最初に発見した死体にかぎらず、盗難のあとは見られなかった。

結局、死体の数は五十をこえ、この小さな村が全滅させられたことがわかった。すべて屋外で殺されているのは、悲鳴をきいて外へとびだし、あらたな犠牲者《ぎせいしゃ》とされたのか。

「殺すために殺しまわったとしか思えんな」

「きっと噂《うわさ》にきくルシタニアの蛮人どものしわざだよ。あの蛮族《ばんぞく》ども！　とうとうこのあたりまでやってきたんだ」

アルフリードの憤慨《ふんがい》にはこたえず、ナルサスは、暗くなりかけた大地に視線を投げつけた。死体のそばに、かならず小さなくぼみのようなものがあることが、ナルサスの注意をひいた。これからどうするのか、と少女に問われて、ナルサスは答えた。

「夜になると、このあたりには食屍鬼《グール》が出るとも聞く。そういう噂はともかく、暗くなったらあまり動かぬがいい。どこか家を借りて泊まるとしよう」

「いいよ。でも、あたしは身持ちのかたいゾット族の女なんだからね。部屋はべつべつにしてもらわないと」

「……異存はない」

死体のない、空《から》になっただけの家を見つけて、ふたりは一夜の宿をさだめた。アルフリードが感心にも食事の世話をすると申し出たので、そちらはまかせて、ナルサスは馬をさがした。おそらく村で共同の馬小屋だったのだろう。一軒の小屋で四頭の馬が悲しげに身を寄せあっているのを見つけた。若くてたくましい一頭をえらび、他の三頭はつないだ綱をといて自由にしてやる。明日、夜があけたら、村人たちの遺体をほうむってやらねばならないだろう。

馬をひいてもどってくると、井戸で水をくんでいたアルフリードが彼にむかって手をふった。近づこうとしたとき、にわかに馬がおびえたようにいなないて立ちどまった。ナルサスは一瞬、気配をさぐり、あわててとびのいた。彼は見た。アルフリードも見た。地面からいきなり手がのびて、ナルサスの足をつかもうとしたのだ。手は空をつかみ、そのままむなしく掌《てのひら》を開閉させた。

「な、なにあれ、地面から手がはえてる」

アルフリードは、むろん恐怖してはいるのだが、あまりに非現実的な風景をまのあたりにして、自分自身を納得させるのに苦労しているようだった。

「地行術《ガーダック》か……！」

死体の謎が、これでわかった。ナルサスは自分で魔道をあやつることなどできないが、それに関しての知識はある。地中を自由に往来し、地中から剣や槍をつきあげて、地上にいる者を殺すという。だが、そのような魔道士が、なぜこんなところにいて村人を殺しまわるのか。

薄闇のなかで、手がすっと地中に沈んだ。あとには小さなくぼみだけがのこった。ナルサスはかるく目を細め、両足を爪先《つまさき》だてた。

気配を感じとったとたん、跳躍する。地中からつきあげた白刃《はくじん》が、ナルサスの靴底をわずかにかすめた。そのまま立っていれば、太腿《ふともも》のあたりを突きとおされていただろう。着地したナルサスは、半ば踊るような足どりで、白刃から遠ざかった。白刃は、音もなく地中に沈み、あとにはまたも小さなくぼみがのこる。

悪夢に心臓をつかまれたような気がした。自分も剣をぬき、さらに、気配をさぐる。足もとの地面に剣をつきさしたい衝動を、けんめいにこらえた。

家の壁ぎわに立ちつくしていたアルフリードがナルサスの名をよんだ。

剣をおさめて駆けよったナルサスは、家の入口に近いのき下に、大きなナツメ油のかめがあるのに気づいた。

「どうしたらいいの、ナルサス」

問いかけるアルフリードの表情と声が子供っぽい。ナルサスは少女を安心させるために笑ってみせた。

「おぬし、樹にのぼれるか？」

「かんたんだよ、そんなこと」

「では、そこのナツメの大木にのぼっていろ」

「あんたは大丈夫なの？」

「……うむ、銀仮面をおぬしからもらって銀貨にかえるまでは大丈夫さ。さあ、いそいで、そして石の上をつたっていくといい」

ナルサスにいわれて、アルフリードはすばやくナツメの木に駆けより、ぞうさもなく太い枝までのぼりつめた。

彼女が枝にまたがったとき、地面と空気のはざまから、低い声が流れでた。嘲笑《ちょうしょう》のひびきが、黄昏の空気を微動させた。

「おう、おう、こざかしいまねを。だが、どこまで保《も》つものやら……」

蛇が舌を鳴らす音に似ている。

その声は、アルフリードをぞっとさせたが、一方ではナルサスに余裕をもたせた。人間であれ怪物であれ、口をきく相手なら、ナルサスは恐れない。無言の悪意こそが、いちばん恐ろしいのだ。

ナルサスは、壁ぎわにおいてあるナツメ油のかめに手をかけ、そっとそれを倒した。油がこぼれ、地面にひろがり、しみこんでいく。彼は片手のなかに火打石をつつみこんだ。油がすべて流れでてしまうと、沈黙のうちに気配をさぐる。外見よりはるかに豪胆なこの男が、額に汗をうかべていた。

袖の一部をひきさいて丸め、地面の油にひたす。そして、一瞬のうちに行動した。油のひろがった地面からとびのき、布に火をつけ、それを地面になげつける。

直径五ガズ（約五メートル）ほどの広さにわたって、地面全体がいっぺんに燃えあがった。

つぎの瞬間、大木の枝の上で、アルフリードは息をのんだ。

地面の一部がぱっと割れると、炎のかたまりがそこから躍りあがった。それは人間の形と大きさをしていた。奇怪な絶叫が、口のあたりからほとばしっていた。地中にしみこんだ油のため、生きながら焼かれている。さけび、よろめきながら、それでも両手をひろげ、ナルサスにつかみかかろうとした。

長剣をぬきはなったナルサスは、進みよると、するどい斬撃を肩のあたりに送りこんだ。炎につつまれた頭部が、薄闇のなかをとんだ。地にころがって、なおも燃えつづけている。

「もういいぞ、おりてこい」

頭上の枝を、ナルサスはふりあおいだ。

王都エクバターナの地下にひそむ暗灰色《あんかいしょく》の衣の老人。彼がパルスによりいっそうの流血をまねくため呼びよせた魔道士七人のうち、ひとりがこうして死んだのである。むろん、ナルサスの知りようもないことではあったが。

枝から身軽にとびおりたアルフリードは、興奮した声でナルサスを賞賛した。

「ナルサス、ナルサス、あんたすごいんだねえ。強くて頭もよくてさ。あの人妖《ばけもの》を、あんな策《て》でやっつけるなんて!」

「たいていの人はそう言ってくれる」

ぬけぬけと答えたが、ナルサスの余裕もそこまでだった。アルフリードは、形のいいあごに、ほっそりした指をあてて、何やら考えこんでいたが、急に質問してきたのだ。

「ナルサス、あんた、年は幾歳《いくつ》なの？」

「二十六だが、それがどうした」

「へえ、二十五をこしてるのか。もうすこし若いのかと思ってた」

「……ご期待にそむいて悪かった」

「まあ、いいや。ちょうどあたしと十歳ちがいだからおぼえやすいし、年齢はあるていど離れていたほうが、頼りがいがあるものね」

ナルサスは、この不敵な智者らしくもなく、ややたじろいだ。何やら不吉な雰囲気を感じとったように沈黙している。少女のほうは、自分ひとりで納得したように話しつづける。

「でもあと二年は待たなきゃね。あたしの母さんも祖母《ばあ》さんも曽祖母《ひいばあ》さんも、十八歳の九月に結婚式をあげたんだもの」

「べつにおぬしの家系に興味はない。それより、これでやっと安心して食事を……」

「あたし、けっこう料理うまいよ」

「さっきから何を言いたいのだ、おぬしは!?」

つくづくと少女はナルサスを見つめた。

「にぶいんだねえ、あんた、まだわからないの、ほんとに?」

「…………」

口先ひとつで三か国連合軍を国境の外に追いはらい、一国に冠絶《かんぜつ》する智者とたたえられた日が、遠い遠い過去のことのように思われた。ナルサスはひとつ頭をふったが、それで現実が消えさるわけでもなかった。この日、この瞬間にいたるまで、自分が何回、選択をまちがえたか、考えてみようとして、彼はやめた。

「とにかく、あんたの言ったとおり、食事にしようよ、ナルサス。麦酒《フカー》もあるし、豆スープ《テイフスイラーフ》もホットケーキ《ビスタンドウド》もできるからね。あんたの口にあうといいけど、そうでなかったらつくりなおすよ」

はずむような足どりで家のなかへはいっていく少女を、ナルサスはやや呆然《ぼうぜん》とながめやった。

「……えらいことになったなあ」

アンドラゴラス王に憎まれたときでも、悪徳神官たちの刺客《しかく》にかこまれたときでも、アルスラーンらとともにバシュル山を脱出するときでも、そんなつぶやきを発したことは、ナルサスはなかった。どのような難題であっても、彼の智略《ちりやく》でとけぬ糸はなかったのだ。

だが、どうやら、それも過去のことになってしまったようであった。

第四章　分裂と再会と

パルス暦三二〇年の初冬、この国は、英雄王カイ・ホスローの登極《とうきょく》以来、最大の混乱のなかにある。

I

これまでも、パルスの歴史には、さまざまなことがあった。王位をめぐって宮廷内で陰謀や暗殺がくりひろげられた。諸侯《シャフルダーラーン》の叛乱《はんらん》もあり、外国からの侵略もあり、その逆に、パルスから外国へ侵攻したこともある。兇作《きょうさく》と重税にたえかねた農民の蜂起《ほうき》もあった。自由をもとめて奴隷たちが砂漠を行進したこともある。父王を討つべく決意をかためた王子が、兵をひきいて万年雪の山をこえたこともある……。

それでも、パルスはパルスであって、大国としての実力と統一性はゆるぐことはなかった。王都が敵国に占領されたこともなく、玉座《ぎょくざ》が空になることもなかった。いままでは。

それが、いま、無敵であったはずのパルス騎兵軍団は、アトロパテネで潰滅《かいめつ》し、国王《シャーオ》アンドラゴラス三世は行方不明である。王都エクバターナは占領されて王妃《おうひ》タハミーネはルシタニア軍にとらわれ、王太子アルスラーンは山中で逃亡の旅をつづけている。しかも、これらの情報が、すべて正確につたわっているわけではない。誤報や虚報がいりみだれ、何を信じればよいか、判断もつかないありさまだ。

征服者となったルシタニア軍にしても、王都エクバターナと西北国境をかなめとして、パルス全土の三分の一をどうにか占領しているにすぎない。その他《ほか》の地方にいる軍隊、官僚、諸侯《シャフルダーラーン》らは、誰に対して忠誠をちかえばよいのか、さっぱり見当もつかなかった。

誰かが大声をあげれば、そういった諸勢力は、なだれをうってそれにしたがうであろう。だが、誰もそうしないので、みんな、出兵や戦闘の準備だけはととのえながら、ようすをうかがっていた。事情もよくわからず、まっさきに動いて、まっさきにたたきつぶされては目もあてられない。

ルシタニアとしては、パルス国内の諸勢力が一致団結して、反ルシタニアの旗をかかげるようなことになっては、たまらない。彼らが右往左往《うおうさおう》して、判断に迷っているすきに、各個撃破していかねばならないのである。

アルスラーンという、十四歳の未熟な少年がもつ政治的な意義が、そこにあった。そして、あわせて十人にもならないアルスラーン一行が、東方国境のペシャワール城塞《じょうさい》にはいることを、ルシタニア軍とその協力者がはばまなくてはならない理由も、それであった。

アルスラーン一行がペシャワール城塞にはいることは、大義名分と実戦力との結合を意味するのである。

追跡隊の指揮をとっていたヒルメスは、一時、あとのことをザンデにまかせて、王都エクバターナへと馬を走らせることになった。ナルサスとアルフリードにまんまと逃げられた、その直後である。

「アンドラゴラスの小せがれめは、身にすぎた臣下を幾人も持っておることよな」

ザンデのひきいる部隊と合流したとき、ヒルメスは、自嘲《じちょう》をこめてつぶやいた。彼自身もナルサスを逃がしたが、ザンデもダリューンらを逃がし、他の一隊もアルスラーンをとらえそこなって、一同みごとに手ぶらで集合するはめになったのである。

「弁解のしようもございませぬ、殿下」

「まあよい、傷はどうだ。いたまぬか」

「ありがたいおことばでございますが、このていどの傷、もののかずではございません」

ザンデは大声で答えた。虚勢ではない。両眼はおとろえぬ闘志に、ぎらぎらかがやいている。

「たとえダリューンのために片腕片脚をうしなおうと、やつの脳天をかならずたたきわってごらんにいれます。いますこしお待ちくださいませ」

その豪語《ごうご》を、ヒルメスは信じた。というより、信じる以外になかった。たのむべき味方が他にいないし、このザンデという若者は、粗剛《そごう》なように見えて、けっこう情報にくわしいのである。

「おれは一度、エクバターナにもどる。ルシタニアの王弟、あのギスカールめが、何やらおれに用があるそうな。その間、おれのかわりに、おぬしが兵士たちの指揮をとれ」

ヒルメスはザンデにそう言ったが、これほど奇妙な話は、じつはない。もともとヒルメスにはひとりの兵士もなく、すべて故人となったカーラーンの部下たちであり、いまはザンデにつかえている。いまさらザンデに、指揮をとれ、などという必要もない。

だが、ヒルメスもザンデも、いたってまじめである。このふたりにとって、「パルスの正統な国王《シャーオ》とその宮廷」は実在するのだ。そして、ザンデは、国王の軍隊をあずかっているだけなのである。

「ヒルメス殿下に、英雄王カイ・ホスローのご加護があらんことを」

ザンデとその部下たちの、うやうやしい礼を背にうけながら、ヒルメスは北のかたエクバターナへと馬をとばした。

馬上で、ヒルメスは考える。ルシタニア人の下風《かふう》に立つのも、そろそろあきた。あの発狂した猿のようなボダンや、酒のかわりに砂糖水を飲む、気色《きしょく》のわるいイノケンティス王など、いつでも始末できる、と思う。

ただ、油断がならぬのは、きれ者の王弟ギスカールである。

こちらとしては、彼を利用して、ルシタニアの軍中における立場をたもってきた。「銀仮面の男」ことヒルメスのことを、こころよく思っているルシタニア人はひとりもいないであろう。ギスカールをはばかって、口に出さないだけである。だが、ときおりヒルメスを見るギスカールの目に、奇妙な色がちらつかないか。そろそろ、彼から離れることを考えたほうがよいかもしれない。

それにしても、大国パルスの正統な国王《シャーオ》たる身が、ギスカールごときの要求に応じて、王都と辺境の間をいったりきたりせねばならぬとは。ヒルメスは仮面の奥でにがにがしく笑った。だが、それもまもなく終わる。パルスに正義がよみがえるのだ。

正義とは、正統の国王《シャーオ》による支配のことだ。十六年前のあの日から、ヒルメスはそう信じつづけてきたのだった。


王都の地下の一室で、暗灰色《あんかいしょく》の衣の魔道士は、弟子たちの報告をうけていた。弟子たちのひとりが死んだのである。

「アルザングが殺されたか。意外に、あっけなかったの」

「まことに腑甲斐《ふがい》なきことにて、同志たるわれらも、尊師《そんし》に面目がたちませぬ。どうか名誉を回復する機会をいただきたく存じます」

「まあ、そう恐縮せずともよい」

男はみじかく笑った。もはや老人とはいえなかった。一日ごと半日ごとに、活力と若さがよみがえりつつある。

「地行《ガーダック》の術を破るには、油を流して地中にまで火をはなつか、毒を水にとかして地にしみこませるか、どちらかしかないのじゃ。たかが辺土《へんど》の農民どもでは、とうてい考えつかぬ知恵。アルザングはおのれより器量の大きい者に敗れただけのことよ」

「尊師、それはいったい何者でございましょう」

「さてな……」

男の声も表情もあいまいで、他の魔道士たちには、師の本心がわからない。

「いずれにしても、蛇王ザッハークさまの再臨《さいりん》をのぞむ者ではあるまい。それより、アルザングのつぎに、誰かにまたルシタニア人の大物をほうむってもらわねばならぬ」

暗灰色の衣のはしから、魔道士の指がのびて、闇の一点をさししめした。

「サンジェ、汝に命じる……」

II

美しい庭園であった。樹林と花壇、噴水と彫刻が、たくみに配置され、高価なタイルをしきつめた園路が、それらの合間を流れるようにぬっている。タイルには絵が描かれていて、園路を一周する間に、英雄王カイ・ホスローの生から死までを、絵物語として一望することができるようになっているのだ。

かつては、もっと美しかった。一度は血と火になめつくされ、その後、イノケンティス王の命令で修復されたのである。いたって不完全なものであったが。

ガラスばりの温室のなかで、さまざまな色のラーレ（チューリップ）の花が咲きほこっている。この温室だけが戦火をまぬがれたのは、まさに奇蹟《きせき》であった。それは、パルスとルシタニアの、造園技術の差をみせつけるかのような存在であった。

イノケンティス王が、ため息をついた。

「あの花々も、タハミーネの美しさの前には、枯木もおなじじゃ」

「………」

「そう思わぬか、ギスカール」

「じつに美しゅうござるな」

わざと主語をあいまいにしてギスカールは答えたが、口調がそっけなくなるのはどうしようもない。

ギスカールも、一時はタハミーネの美しさに惹《ひ》かれたが、いまではあきらめ、政略や外交の道具に使おうと、わりきっていた。いや、そのつもりではいるのだが、ときとして、わずかな未練《みれん》を感じる。それだけに、見栄も外聞もなくタハミーネの美しさによいしれる兄が、よけいに腹だたしいのだ。

それにしても、温室のなかで、籐《とう》の椅子にすわったタハミーネは、ラーレの花をみつめながら何を考えているのか。兄のような甘美《かんび》な幻想は、ギスカールにはない。かわりに、疑惑と警戒心があるのだが、それでもつい、タハミーネの姿に見とれてしまう。

「兄者《あにじゃ》！」

ことさらに大声をだしたのは、兄よりもむしろ自分自身をしかりつけるためであった。

「な、何じゃ、弟よ」

「やぼな話で申しわけないが、ボダンと聖堂騎士団《テンペレシオンス》の件でござる。そのことを話しあうため、私をおよびになったのでござろう？」

「おお、そうじゃ、ギスカールよ、ギスカールよ、予《よ》はどうすればよいのか」

「………」

「わが愛する弟よ、聖堂騎士団の言いようは、あまりに性急で一方的にすぎると思わぬか。予にも言いぶんはあるし、国には事情というものがあるのに、まるでわかってくれぬ。いままで、予がどれほど教会につくしたか、知っておるはずなのに。あやつらは恩というものを感じないのであろうか」

いまごろわかったか、と、ギスカールは冷笑してやりたいところなのだが、そんな気持は口にも表情にもあらわさなかった。

「まったく、ボダンとその手下どもときたら、度しがたい者どもでござるからな……」

ふいに、あることに気づいて、ギスカールはぎょっとなり、ことばをきった。ボダン大司教との陰険な闘争に夢中になって、だいじなことを忘れていたのだ。

彼は、ひややかさとけわしさをこめた目つきで兄王をにらんだ。

「まさか、兄者、アンドラゴラスが牢《ろう》のなかで生きておることを、王妃に教えはなさいませんでしたでしょうな？」

ついさっきとは、うってかわった弟のきびしい口調に、イノケンティス王はおどろいた。まばたきしたあと、あわてて首をふり、けっしてそのことは話していない、と、ちかうように答えた。

「けっこう、兄者、ご分別がおありだった」

弟が兄にむかって言うには無礼なことばであったかもしれない。

アンドラゴラス王の生死を、あいまいなままにしておくことには、ギスカールとしても意味があるのだった。もしアンドラゴラス王の死が確認されれば、いまだ自由の身であるアルスラーン王子が、あらたに国王《シャーオ》となり、パルス国内の反ルシタニア勢力は統一されてしまう。いくらいままでのパルスの国政に不満があるとしても、パルス対ルシタニアという事態になれば、パルス国民がアルスラーン王子に味方するのは当然のことだ。

それに、ギスカールとしては、タハミーネ王妃の本心がはっきりしないうちは、アンドラゴラス王を処分したくないのである。はやまって殺したあと、「しまった、生かしておくのだった」と後悔してもおそい。

いずれにしても、慎重さが必要なのだ。


そのころ、大司教ボダンの私室では、聖堂騎士団長ヒルディゴが、しきりに部屋の主をたきつけていた。

「いっそ国王イノケンティス陛下《へいか》を廃立なさいますか、大司教猊下《げいか》」

聖堂騎士団長にそうささやかれたボダンは、考えるように指先であごをつまんだ。

「それもちと、性急にすぎよう。こまった王ではあるが、これまでの功績があるでな」

「ですが、ルシタニア国王はただ王者として国を統治するだけでなく、聖者として、イアルダボート教徒の上に君臨《くんりん》する身。異教徒の女を愛するなど、それだけですでに王たるの資格はござらぬ」

「だというて、ではイノケンティス王のかわりに、何びとを玉座につければよいのじゃ。彼には子がおらぬゆえ、もっとも血の近い者といえば、あのギスカールじゃが、おぬしはそれでよいと思うか？」

「ギスカール公は、才幹《さいかん》の点では申し分ございませんが、兄君よりさらに異教徒との妥協をなさるでしょうな」

「そうじゃ、あの王弟めには、神の御心より、権力や財宝のほうがだいじなのじゃ」

にがにがしく、ボダンは、はきすてた。他人の欠点は、よくわかるものである。ギスカールがきけば苦笑するであろう。

「ルシタニアの本国に、王家の血をひく方がおいでではありませぬか」

「うむ……？」

ボダンは首をかしげた。

「そのような方がおいでであったかな」

「とにかく、血をひいておいでであれば、ご幼少でもかまいますまい」

「ふむ、そうか、そうであった」

ボダンは、ごくまっとうに、おとなたちのことを考えたのだが、ヒルディゴのいうとおり、どうせ傀儡《かいらい》の王であるなら、子供だろうと赤ん坊だろうとかまわない。むしろ、そのほうがあやつりやすいではないか。思えば、イノケンティス七世も、少年のころは聖職者の言うことをすなおに信じていた。それが、おとなになると、あのざまだ。あろうことか、異教徒の女に迷って、神をないがしろにするとは。

「それと、猊下、思うに国王おひとりの身に、王権と教権とが集中していることは、あまり好ましくございませんな」

聖堂騎士団長のことばに、ボダンはぎらりと目を光らせた。だが、口に出しては何も言わない。

ヒルディゴはわざと声をひくめた。

「今回のように、国王が教権の至高者《しこうしゃ》たる身を忘れて、異教徒の女に血まようことがありましては、国のためにも宗教《おしえ》のためにも一大事」

「………」

「廃立のあかつきには、王権と教権とを完全に分離なさいませ。そして、大司教猊下が教権における至高者となられ、教皇となられるべきでござる」

「ヒルディゴどの、めったなことを言うものではない」

ボダンは声をひそめたが、ヒルディゴの主張をしりぞけようとはしなかった。

国王になれ、と、すすめられたのなら、ボダンは相手にしなかったであろう。だが、教皇となれば話はちがう。地上の権力に執着《しゅうちゃく》するのは、聖職者の道にはずれる。だが、天上の栄光を守るためなら、話はちがうのだ。

やがて、ヒルディゴは退出した。扉の外に出たとたん、彼は舌うちした。彼は金品を期待していたのに、ボダンは気づきもしなかったのである。

「ちっ、気のきかない坊主め。おれがあれほど好意をしめしてやったのに、どうやって感謝の意をあらわすかも心得ておらんとは」

ヒルディゴとしても、思案のしどころではあるのだった。

パルスを侵略し、掠奪《りゃくだつ》と暴虐《ぼうぎゃく》のかぎりをつくして、財宝と美女をかかえ、ルシタニアへ帰るか。それとも、パルスを今後、長きにわたって支配し、その豊かな土地をじわじわとしぼりあげるか。

いずれにしても、ルシタニア人であるヒルディゴにとって、異教徒であるパルス人は、支配と強奪《ごうだつ》の対象でしかないが、おなじ悪政でも、やりかたというものがある。どうせなら、より実りの多い、効率のよいやりかたを選んだほうがよい。

マルヤムでは、大量の血を流したわりに、えるところはすくなかった。古い文化をほこる国ではあったが、土地はやせていたし、金銀がとれるわけでもなかった。

それでもヒルディゴは、まずまずいいかせぎをあげた。なによりも、五十万人以上の男女を奴隷として諸国に売りとばし、たっぷり代金をかせいだ。マルヤム国王の後宮《オダリスク》の美女を何人も手にいれた。

マルヤム人は、イアルダボート教を信じる民ではあったが、ルシタニア国王の権威をみとめない異端《いたん》の者どもであったし、パルスやミスルなどの異教の国々と仲がよかった。そんな国はどう残虐《ざんぎゃく》にあつかってもよいのだ。

マルヤムにくらべれば、パルスは、はるかに豊かな国である。わざわざやせおとろえさせてから食べるなど、おろかなことではないか……。

III

聖堂騎士団長ヒルディゴがひそかにたずねてきた——そう聞いたとき、王弟ギスカールはそれほど意外には思わなかった。

「ボダンが冷たい石でできているとすれば、あの騎士団長は火にあてたチーズだ。表面はかたいが、中身はだらしなくやわらかい」

と見てとっていたからである。

びろうどをはった豪華な椅子をすすめられると、ヒルディゴはそれにふんぞりかえった。

そして自分では重々しいと信じている口調で話しはじめたものだ。

「王弟殿下には、率直《そっちょく》に申しあげましょう。大司教猊下は、イノケンティス王に、はなはだ失望しておられます」

異端のマルヤム、異教のパルス、ふたつの大国を滅ぼし、イアルダボート神の栄光を東方世界までのばした。そこまではよい。だが、それから先がよくない。異教徒の女、しかも他人の妻を恋するなど、イアルダボート神の信徒代表にあるまじきことだ……。

話をききながら、ギスカールは、心のなかで、ふん、と笑った。いまさらこんな話題をもちだしてきたことで、ヒルディゴの本心がはっきりとわかったのである。このもったいぶった騎士団長は、べつにボダンに絶対的な忠誠心をいだいているわけではない。自分を高く売りつけたいだけなのだ。

「で、騎士団長どのには、わが兄に対し、何か有益な助言をなさろうというおつもりかな」

「失望のうちはまだよい、絶望になったら、もはや我らとて、大司教猊下にとりなしようもござらぬ」

ヒルディゴの口が動くと、赤黒い口ひげが上下にいきおいよく踊った。それが妙に下品に見える。

「騎士団長どの、もし兄がおぬしらの好意を無とし、破門《はもん》という結末をむかえることになったとき、その後、ルシタニアの統治は何びとにまかされることになるのかな」

ギスカールとしては、かなり露骨にそうたずねた。まわりくどい話しかたや、腹のさぐりあいも、相手によりけりである。ヒルディゴが、欲の深い、それに反比例して底のあさい小策士であることを、ギスカールはとっくに見ぬいていた。そうとは知らず、ヒルディゴはなお、表面をとりつくろった。

「つまり、王弟殿下、私どもが大司教猊下に何とご報告申しあげるか、それによって、殿下のご将来も開けることになりましょうな」

ギスカールは、冷笑をおしかくしてうなずいた。卓上の小さな鐘をとって鳴らし、従者をよぶ。

いったんひきさがった従者が、ふたたびあらわれたとき、その数は十倍にふえ、ひとりひとりが、大きな箱をかかえていた。期待とおどろきをこめて見つめるヒルディゴに、ギスカールがさりげなく語りかけた。

「これは私個人から騎士団への喜捨《きしや》でござる。あまりにも些少《さしよう》にて、心ぐるしゅうはござるが、パルスの異教徒どもより没収せし財貨のほとんどは、兄とボダン大司教とに管理されておってな。いずれ追加させてもらうとして、まずおおさめあれ」

パルス金貨《デーナール》二万枚、絹の国《セリカ》渡来の上絹二百巻、シンドゥラ渡来の象牙細工などが、そこにならべられた。

なかでも騎士団長の目をみはらせたのは、パルスの海岸地方に産する真珠《ペイレ》であった。親指の爪ほどの大真珠が、真紅の布につつまれて千個ほどもならんだありさまは、ルシタニアではとうていお目にかかれぬものだった。ヒルディゴは欲望のため息をはきだし、指先で首すじの汗をぬぐった。

「これはこれは……王弟殿下のお気前のよいこと、噂《うわさ》にたがいませぬな。わが騎士団の者どもも、よろこびましょう。聖職にある身には、貧しい人々をすくうためのわずかな金銭もままなりませぬゆえ」

こうして、ギスカールは、聖堂騎士団長の買収に、ひとまず成功した。どうせボダンが、ヒルディゴに賄賂《わいろ》などおくるはずがない。その点で、ギスカールは有利さを確信した。

さらに、ギスカールは、パルス人の美しい舞姫をひとり、「改宗希望者」という名目でヒルディゴの宿舎におくりとどけた。いわば、これはとどめであった。

その夜、聖堂騎士団長ヒルディゴは満足して眠りについた。

彼が朝おきたとき、満足であったかどうかは、誰にもわからなかった。主人に朝食をはこぶため、部屋の扉をあけた従者が見たもの。それは血の泥沼と化したベッドと、そこで息たえている男女の死体だった。

IV

ヒルディゴの変死は、イノケンティス七世を仰天《ぎょうてん》させた。

ギスカールも、むろんおどろいた。だが、うろたえさわぐ兄王を、たしなめたりなだめたりしているうちに、自分がおちついてしまう。それが少年時代からのギスカールの習慣になってしまっていた。

もうひとり、大司教ボダンもおどろいた。同時に、彼は怒りくるった。変死したヒルディゴは、ボダンとギスカールとを、両てんびんにかけており、その秤《はかり》は大きくギスカールのがわにかたむいていたわけだが、そんなことはボダンは知らない。ヒルディゴが殺されたのは、ボダンに味方して国王にさからったからだ、と思いこんだ。

国王の居室に、血相をかえてとびこんだボダンは、まっさおになったイノケンティス七世に指をつきつけ、背教者、人ごろし、罰あたり、地獄におちるぞ、と、つづけざまにののしった。国王は卒倒《そっとう》しそうになり、弟に救いをもとめた。

「ギスカールよ、弟よ、わしのために大司教に釈明してくれ」

ギスカールは、ひややかな視線をボダンにむけた。

「大司教どのには、ご存じかな。聖堂騎士団長が殺されたとき、ひとりではなかったということを……」

「誰といっしょだったとおっしゃる？」

「同衾《どうきん》していた女性と、でござるよ」

ギスカールの声は、いじわるいよろこびをふくんでおり、ボダン大司教は怒りと屈辱《くつじょく》のあまり、顔じゅう灰色になった。

「せ、聖職者に対して何という誹謗《ひぼう》を……冒瀆《ぼうとく》のきわみでござるぞ」

「冒瀆とは、聖堂騎士団長にこそ向けられるべきことばでござろう。聖職にある身が、女と床《とこ》をひとつにするとは！」

ギスカールは毒《どく》をこめて笑った。

聖堂騎士団長ヒルディゴの急死は、彼にとっても計算外であった。飼いならし、いずれボダンの背をつきさささせるつもりだったのだ。だが、死んでしまったものは、しかたがない。せめて大司教ボダンをあざける武器にでも使わねば、ヒルディゴにくれてやった財宝がむだになるというものである。強欲《ごうよく》な聖堂騎士団が、いったんもらったものを返すはずもないのだから。

「……ゆえに、一部の者は噂しており申す。ヒルディゴ卿《きよう》の、聖職者にあるまじき罪のかずかずが、神のお怒りをかい、かくもむごたらしい死をたまわったのだ、と」

ギスカールは強気である。聖堂騎士団長の死体といっしょに、女の死体もある。裸でだきあったまま死んでいたのだから、ヒルディゴが清廉潔白《せいれんけつぱく》であるなどと、だれも信じはしない。

ボダンは、すさまじい目つきでギスカールをにらみつけていたが、ふいに立ちあがると、あらあらしく部屋を出ていった。

「ざまを見るがいい」

と、ギスカールは思ったが、勝利のよろこびは長くつづかなかった。

昼食のときである。ルシタニア風の、量ばかり多くて味つけのおそまつな野菜料理を、イノケンティス王がまずそうに食べていると、二、三人の騎士がかけこんできて、一大事を報告したのだった。

「聖堂騎士団の者どもが、完全に武装をととのえて、ボダン大司教のもとに集《つど》いつつあります。いかにも不穏のようす、いかがいたしましょうか」

またしてもイノケンティス王は狼狽《ろうばい》し、何でも彼のなやみを解決してくれる弟をよんで泣きついた。

「ギ、ギスカール、愛する弟よ、大司教と聖堂騎士団は、公然とわしに敵対するつもりであろうか」

「おちつかれよ、兄者」

兄王をしかりつけるいっぽうで、ギスカールは舌うちした。ボダンがこれほどすばやく、思いきった行動に出るとは思わなかったのだ。

兄のためではなく、何か対策を考えようとしたギスカールだったが、あることに気づくと、あわてて部下の騎士たちをよんだ。

「イアルダボート教の神旗だ！　あれを聖堂騎士団にうばわれてはならぬ。すぐさま行って、ここへ神旗をもってまいれ」

ギスカールから命じられた騎士たちは、いそいで王都をかこむ城壁にのぼっていった。そして旗の下まで駆けよったとき、彼らとおなじ目的をもって駆けつけてきた聖堂騎士団の団員たちと、ばったり出くわしたのである。

たがいに、相手の目的はわかっている。ギスカールの部下十人ばかりと、聖堂騎士団員二十人ばかりとは、殺気だってにらみあった。

「神旗に手をかけるつもりか、罰あたりどもめが」

いっぽうがののしると、もういっぽうが大声をはりあげた。

「われらは王弟殿下のご命令で、ここへきたのだ。じゃまをすれば王弟殿下のお怒りをこうむることになるぞ」

問答無用、とばかり旗をひきずりおろそうとしたギスカールの部下が、悲鳴をあげて倒れた。聖堂騎士団員が、いきなり剣をぬきはなつと、相手の肩に斬りつけたのだ。

それをきっかけとして、イアルダボート教徒どうしの、すさまじい斬りあいがはじまった。剣と剣、剣と甲《よろい》、甲と甲がぶつかりあい、城壁上に血のにおいがたちこめた。

やがて、ギスカールの部下たちが劣勢に追いこまれた。二十人と十人では、勝負にならない。城壁の一角においつめられ、逃げだすこともできなくなってしまった。

そのときである。

優位にたっていたはずの聖堂騎士団員たちが、ふいにくずれたった。

銀色の仮面を午後の陽にきらめかせつつ、ひとりの男が、聖堂騎士団員たちを斬りたてはじめたのだ。

段ちがいの強さであった。銀仮面の男が一歩ふみこむと、剣のひらめきと血のしぶきが同時にはねあがった。ルシタニア人たちの首がとび、腕がとび、胴が両断され、城壁上の石畳は流血におおわれた。

聖堂騎士団員たちはふるえあがった。口々にイアルダボート神の名をとなえながら、ついに逃げちった。あとには、九人の死者と四人の重傷者がのこされた。

こうして、神旗は、王弟ギスカールのもとにもたらされた。

そこまではよかったのだが、銀仮面ことヒルメスに斬られた死者のなかに、将軍モンフエラートの弟がいたのだ。

激怒したモンフェラートは、味方の騎士たちが見まもるなかで、銀仮面をつるしあげた。

「おぬしらは、この仮面の男を、ルシタニアの覇業《はぎょう》に功績ある者と思いこんでおるかもしれぬ。だが、逆の立場で考えてみよ！　こやつは私怨《しえん》によって、おのれの祖国を外敵に売りわたした裏切者だぞ！」

ざわめいたのはルシタニア人たちで、当の銀仮面は一言も発しない。

「自分の国を売り、同胞を敵軍の手にゆだねて平然たる男だ。ひとたび風向《かざむき》が変わったとき、今度はルシタニアを何者かに売りわたすであろうこと、闇夜《やみよ》に火を見るよりもあきらかなことではないか！」

怒りにふるえる指を、モンフェラートは銀仮面につきつけた。

「将来のわざわいを、のこしておくことはない。この場で斬りすてて、ルシタニアをすくうべきだ」

モンフェラートは周囲を見わたした。ルシタニア人たちは、顔をみあわせ、剣に手をかけたまま、ぬくのをためらった。

銀仮面の男がどれほど強いか、ルシタニア人たちは身にしみて知っている。なかなか、先頭に立って斬りかかれるものではない。

それを知ったモンフェラートは、もはや他人をたのもうとしなかった。剣をぬき、銀仮面の男にむかって、まさに斬りかかろうとした。

それに応じて、ヒルメスが剣をぬきあわせようとしたとき、王弟ギスカール公爵が、部下の騎士に先導されて、かけつけてきた。

人の輪の外側から中心部へむけてざわめきがつたわり、ギスカールが両者の間にわってはいる。

「モンフェラート、剣をひけ！」

「おことばですが、王弟殿下……」

「剣をひけ。将来のことはイアルダボート神のみが知りたもう。いまはとにかく、わが国に勲功《くんこう》あるこの男を、おぬしに害させるわけにはいかぬ」

モンフェラートは、手にした剣の刃よりも青ざめて、その場に立ちつくした。ギスカールはさらに声を高くした。

「この男を罰するようなことがあれば、以後、パルスの民でわが軍に協力する者はいなくなるだろう。この男のはたらきがあったからこそ、神旗を聖堂騎士団にうばわれずにすんだのだ。おぬしの弟には気の毒であったが、ひとつこらえてくれぬか」

「王弟殿下、このモンフェラートは、弟の仇《かたき》をとりたいためにだけ、このようなまねをしているのではありませんぞ。この銀仮面をかぶったくせ者が、祖国の害になると思えばこそ……」

「わかっている。おぬしは公正な男だ。だが、この上、話のわかる男であってくれればありがたい」

そう言われては、モンフェラートも我《が》をおしとおすことはできなかった。剣をおさめ、一礼してひきさがると、仲間の騎士たちも、ほっとしたようすで解散し、あとには、ギスカールと銀仮面だけがのこった。

「よくぞおとめくださいました、王弟殿下の部下のために……」

皮肉をまじえた謝礼に、ギスカールは、露骨に眉をしかめた。

「そう決めつけることもなかろう。モンフェラートの武勇は、たしかにおぬしにはとどかぬ。だが、人望という点では、話がちがうぞ。モンフェラートがおぬしの剣にかかれば、この場にいた騎士どもすべておぬしの敵となっていたであろうからな」

ヒルメスは唇をゆがめたが、仮面の下だったので、ギスカールに見えるはずもなかった。

「おぬしは、たしかに、まれにみる勇者ではあるが、一対五十でも勝てると言いきれるかな」

ギスカールがさらに言うと、ヒルメスは声に出さず、心の中で返答した。相手がパルス騎士であればともかく、ルシタニア騎士ごとき、五十人がたとえ百人であっても、おそれるものではないわ、と。

だが、むろん、形に出しては、うやうやしく一礼しただけであった。

V

神旗はギスカールの手もとにのこった。だが、ボダン大司教は、聖堂騎士団をしたがえて、その夜のうちに王都から脱出してしまった。彼がめざしたのは、マルヤムとの国境に近い、聖堂騎士団の城である。

これにはギスカールは、あてがはずれた。ボダンを暗殺する機会がくることを予期して、わざわざ銀仮面をよびよせたのに、用なしになってしまったのである。ヒルメスにしてみれば、いっそうばかばかしいむだ足であった。

ギスカールの心が読めないイノケンティス王は、口うるさいボダンが目の前から消えてしまったことを、単純によろこんでいるようだった。

砂糖水を飲みすぎて頭脳が虫歯だらけになってしまったか、と、ギスカールは言いたい気分である。だいたい、イノケンティス王にとって、問題はまったく解決していないはずなのだ。

タハミーネとの結婚に、教会勢力の許可をもらえるかどうか。タハミーネの、アンドラゴラス三世を殺せ、という要求を受けいれるかどうか。タハミーネをイアルダボート教に改宗させることが、できるかどうか。難問だらけなのである。いっそギスカールのほうが、兄にかわって、将来の困難を思いわずらってやりたいほどであった。

それでも、ボダンが目の前から消えたのは、やはり愉快である。一万人のパルス人を処刑するという話も、立ち消えになった。いずれ奴はゆっくり料理してやればよい。ギスカールはそう考えた。

ところが、ことはそれだけではすまなかった。

聖堂騎士団は、王都を離れるついでに、王都の北方にある用水路を破壊していったのである。

広大な農耕地が、水びたしになった。そして、いったん水がひいたあとは、もはや何の作物もみのらせることはできそうになかった。

報告をうけてかけつけたギスカールは、一面の泥沼をながめやって声もでなかった。

「再建には十年はかかるでしょうな。その間この一帯は、農耕地としては、ものの役にたちませんぞ。そればかりか、春から夏になれば、王都は水不足になやまされることになりましょう」

従軍した技術者の話をきいて、王都にもどったギスカールは、紫檀《したん》のテーブルにおかれた夜光杯《グラス》を三個たたきこわした。天井と壁と床とに、それぞれ一個ずつたたきつけたのだ。

「ボダンめ！　狂い猿め！　やっていいことと悪いことの区別もつかぬのか」

目がくらむほどの怒りが彼をとらえた。

「アルスラーン王子より、ボダンと聖堂騎士団のほうが、よほど災厄というべきだ。やつらにやりたいほうだいさせておれば、パルス全土が不毛の荒野にされてしまうわ」

ギスカールは決心しかかった。ルシタニア正規軍を総動員し、ボダンと彼にしたがう聖堂騎士団とをみなごろしにし、一挙にかたをつけてくれようか、と。

「……いや、そうかんたんにはいかぬ」

ギスカールとしては、ボダン大司教と聖堂騎士団の幹部とをならべて、いちどに首をはねてやりたいところではある。だが、狡猾《こうかつ》にも彼らは、自分たちの城にたてこもり、二万以上の兵を擁《よう》している。これを討つには、多数の兵力が必要だし、第一、教会勢力と戦うとあれば、将兵のなかにもたじろぐ者がでるであろう。さらには、ルシタニア軍がこのように国王・王弟派と大司教派にわかれて、たがいに争うとなれば、アルスラーン王子ら、パルス王党派だけをよろこばせることになる。

そうなれば、せっかくルシタニアから遠征し、パルスをどうにか支配したこれまでの苦労も、水の泡だ。うかつには手をくだせない。

「ボダンの狂い猿め、そこまで計算した上で、こうも大胆なまねをしでかしておるのだ。単なる狂信者というほど、かわいげのあるやつではないわ……」

ふと、ギスカールの頭に、ひとつの考えがひらめいた。

「兄は今後どのようにもあやつることができる。おれにとってじゃまなのは、ボダンめとパルスの王太子と、この両者だ。とすれば、この両者を、たがいにかみあわせるべきではないか……」

ボダンとアルスラーンをかみあわせ、共だおれさせる。これは名案であるように思われた。そうなれば、アルスラーンがろくに兵力も持っていないようでは、かえってこまる。ぜひとも数万の兵力をひきいて、出現してもらいたいものだ。ボダンをかたづけてくれたら、こんどはそちらをかたづけてさしあげよう。

ただ、問題は、両者をどうやってかみあわせるか、である。

「そうだ、タハミーネ王妃、あれはアルスラーン王太子の母親だ。母親を無事に帰してやるかわり、ボダンめを殺させる。そういう取引は成立させられぬだろうか」

しかしこれも難問がある。タハミーネを解放するなど、ギスカールの兄であるイノケンティス七世が承知するはずがない。

いままでイアルダボート神にのみ向けられていた情熱が、ひとたび、ひとりの女性に向かえば、どんな結果になるか。いまでこそ、神と女と、どっちつかずの状態になっているが、いったん心の秤が女にむけてかたむけば、あとは一直線であろう。

そうなれば、女が神にとってかわっただけのことで、ギスカールとしては何ひとつ利益がえられない。そんなばかばかしいことは、ごめんこうむりたいものだ。

そこで、またひとつの考えが、ギスカールの頭にうかびあがった。

もしアルスラーン王子をイアルダボート教に改宗させ、ルシタニアの傀儡としてあやつることができれば、パルスの王位を、彼にくれてやってもよいのではないか。

アルスラーンが、どのていど賢いかはしらぬが、たかが十四歳の子供だ。いったん味方にひきずりこむことができれば、あとはどうとでもなるのではないか。

……つぎつぎと、ギスカールには、名案らしいものがうかんでくる。

だが、逆にいえば、ギスカールにとっては、決定的なきめてがないということでもあった。最終目的は、はっきりしているのだが、そこへたどりつく道は、そう広くもなければ平らでもなかった。

なぜ自分は次男にうまれたのか。自分が長男にうまれていればよかったのだ。ルシタニアのためにもそのほうがよかった。

「結局のところ、おれがいなくては、ルシタニアは国として成りたたぬ。おれこそが、ルシタニアの事実上の国王だ。いずれ、形式を事実に追いつかせるのに、何の遠慮がいるというのか」

ギスカールはそう思うのだが、彼自身の手で兄王を殺すとなると、外聞も悪いし、ねざめもよくない。できれば誰かに損な役まわりをひきうけさせ、彼は、兄の仇をうつという形で、堂々と王位につきたいのである。でなくては、王位につくことはできても、王位をたもつことはむずかしい。

それにしても、先日、ペデラウス伯を殺し、昨夜またヒルディゴを殺した犯人はだれであろう。

ギスカールには、まるで見当がつかなかった。殺されかたがまた、まともではない。ペデラウスは、地面からはえた剣で下腹部をつきさされた。ヒルディゴは、錠《じよう》をおろした密室のなかで、女もろとも、まっぷたつにされた。パルスの大地には、何かとほうもない魔性《ましよう》のたぐいがうろついているにちがいない。

「……公爵さま、客がまいっております」

おそるおそる、従者が声をかけ、ギスカールはわれにかえった。苦笑して、「とおせ」と命じる。あまり空想にふけらぬほうが、どうやらよさそうだ。

はいってきたのは、たくましい身体つきと、陰気な顔つきとが不調和なパルス人だった。アンドラゴラスをヒルメスからあずかる拷問吏《ごうもんり》である。

「アンドラゴラス王は、まだ生きておるか」

パルス語で、ギスカールは問いかけた。征服者が被征服者のことばを使うなど、奇妙なことではあるが、相手がまったくルシタニア語を使えないのだから、しかたがない。いずれはルシタニア語を使うようパルス人に強制するとしても、さしあたっては、パルス語で会話するしかないのだ。

「……殺してはならぬ、と、銀仮面卿のご命令でございますれば」

拷問吏は陰気に答えた。それはよい。陽気でおしゃべりな拷問吏など、かえって不気味である。ギスカールが知りたいのは、銀仮面の男と、アンドラゴラス王との間に、黒々と横たわっている因縁についてである。それを知りたさに、パルス人の拷問吏ごときを、わざわざよびよせたのだ。

「おそれながら、申しあげるわけにはまいりませぬ」

「充分に報酬は支払うが」

何枚かのパルス金貨を、床にほうりだしてみせたが、拷問吏は、かたくなに、それを見ようともしなかった。

「どうした、銀仮面めが、それほどにおそろしいか」

「私めの兄は、銀仮面卿に無用なことを申しあげたため、舌をぬかれました」

「ふむ……」

ギスカールは、ぞくりとした。やつならやりかねない、と思った。

「銀仮面の腕がいかに長くとも、先刻やつは東方国境へと向かった。ここまで腕をのばして、おぬしの舌をぬくこともできまい」

相手の気をかるくするため、冗談を言ってみたが、拷問吏はあいかわらず陰気に首をふるだけである。

「おれのほうが、銀仮面よりもおぬしの近くにいる。何なら、おれがおぬしの舌をぬいてやってもいいのだぞ」

そうおどかしてみたが、無益《むえき》だった。

やがてギスカールは、拷問吏を、むろん舌をぬかずに帰してやらねばならなかった。それどころか、結局、口どめ料として、床にほうった金貨をくれてやらねばならなかった。ばかばかしい話であった。

「銀仮面め……」

ギスカールは兄とはちがう。ほんもののパルス葡萄酒《ナビード》を銀の杯にみたし、ひと息にのみほして、あらい息をついた。

「これまで何かと役にたってきたし、これからも役にたつ男であるにはちがいない。だが、効果より毒性がつよい薬を使うにも、限界があるというものだな……」

ギスカールは、政治や軍事の実務家として、兄王イノケンティス七世をはるかにしのぐ。ルシタニアでもっとも有能な男であろう。ただ、実績も自信も野心もそろっている男だけに、自分が他人を利用することは考えても、他人に自分が利用されることには、なかなか思いいたらなかった。

二杯めの葡萄酒を飲みほすと、ギスカールは部屋を出た。さまざまな兇事《きょうじ》で動揺しているルシタニア全軍の士気をひきしめなくてはならない。それができるのは、結局、ギスカールだけなのであった。

VI

ヒルメスは、ふたたび王都をはなれる前、万騎長《マルズバーン》サームの病床をたずねた。

サームは、傷こそ順調に回復していたが、表情は暗かった。にくむべき銀仮面の正体が、先王オスロエス五世の遺児であるとわかって以来、彼は、むざむざ生きのびた身をのろっているようにすら見える。それをさとりながら、ヒルメスは我意《がい》をとおそうとした。ぜがひでも、サームを味方にしたい。

「どうだ、決心がついたか」

銀仮面が、窓からさしこむ陽光をはじいた。

沈痛な目でそれを見やると、サームは大きくため息をついた。やがて、自分自身を断崖からつきおとすように、彼は口をひらいた。

「殿下、われらが国土を侵略し、暴虐のかぎりをつくすルシタニア人どもを、かならず追いはらっていただけますか」

「かならず」

ヒルメスは力づよくうなずいた。

「もはや、やつらに何の用もない。機会をまって、ことごとく追いはらってくれる」

その返答をきいて、サームは包帯だらけの身をおこすと、ぎごちない動作で寝台からおり、カーペットに片ひざをついて、うやうやしく一礼した。

「……正統の国王《シャーオ》に忠誠を」

こうして、ヒルメスは、カーラーン父子のほかに、はじめて、たのもしい味方を手にいれることができたのである。

エクバターナ城内の広場のひとつで、公開処刑がおこなわれていた。

殺されるのは、イアルダボート教から見て、神にそむく罪人とされる人々である。パルスの神々につかえる神官のほか、娼婦、男娼《ムスタウリド》、旅芸人《ガジャル》、流しの歌手《アッワール》、偶像をつくった工芸職人、神々の像をえがいた画工など、この日、三百人あまりの男女が、断頭台に追いあげられ、斧《おの》で首をきられていった。泣き叫ぶ声、ののしる声、救いをもとめる声がひびき、それに上空で鴉《からす》の声が呼応する。

そのありさまを、群衆にまぎれて、ひとりの黒人奴隷《ザンジ》が見まもっていた。いや、服装こそみすぼらしい奴隷のものだったが、両眼には、知恵と意志の光があって、奴隷とは思えない。

やがて群衆の間からぬけだすと、黒人は路地裏の家にはいった。そまつなテーブルの上で、てばやく手紙を書くと、それをおりたたむ。

大きなかごをあけると、なかから一羽の鷹《シャヒーン》があらわれた。それを手にとまらせて家を出たときである。

「そこの黒人奴隷《ザンジ》！」

するどく呼ばれた黒人は、鷹を手にとまらせたまま、あわててふりむいた。

銀色の仮面をかぶった男が、馬上から彼を見ている。黒人は、手にした紙きれをかくそうとしたが、銀仮面の男——ヒルメスは、いちはやくそれを見とがめていた。

「奴隷ではないな、きさま」

奴隷が字を知っているはずはない。紙きれに文字が記されているのを、ヒルメスは見てとっている。

黒人は、とっさに、両手を宙へのばして、鷹をはなった。

「告命天使《スルーシ》！　キシュワードさまのところへとんでいけ——」

鷹ははばたき、天空めがけて翔《か》けあがった。いや、翔けあがろうとしたせつな、ヒルメスの手から銀色の光が走りだしていた。

ヒルメスの短剣《アキナケス》で、やわらかい腹部をつらぬかれた鷹は、けたたましい悲鳴をはなって、宙で一回転した。むなしくはばたきながら、地上に落ちる。二、三度、羽で地面をたたいたが、それが最期だった。

黒人は、怒りと悲しみの叫びをあげると、片手に短剣《アキナケス》をひらめかせ、ヒルメスにつきかかった。

ヒルメスは、こうるさげに、長剣を一閃《いっせん》させた。

つぎの瞬間、黒人のたくましい右腕は、肘《ひじ》の上から両断されていた。

最初に鮮血が、つぎに右腕が、最後に黒人の巨体が、ぶきみな音をたてて地上に落ちた。

ヒルメスは馬からとびおり、長靴《ちょうか》の先で、地にころがる右腕をけとばした。

血と砂にまみれてうずくまっている黒人に、長剣をつきつける。

「何者の走狗《そうく》だ？　アンドラゴラスの小せがれか、それとも南方の黒人諸国から、ようすをさぐりにでもきたか」

黒人は答えない。苦痛にたえて、歯をくいしばっている。ヒルメスの長剣の尖先《きっさき》が、その歯の間につきこまれた。

「口をきかぬのであれば、その歯も舌も必要あるまい。斬りくだいてくれるが、それでもいいか？」

黒人がなお答えないのを見ると、銀仮面にあいたふたつの細い穴から、燃えあがるような眼光がもれた。このように反抗的な態度が、正統の国王《シャーオ》に対してとられるのを、ヒルメスはけっして許すことができない。

ヒルメスの強靭《きょうじん》な手首がひらめくと、黒人の顔が横に斬りさかれ、血と歯のかけらが宙にとんだ。黒人は血まみれの口をおさえてのけぞったが、それでも悲鳴ひとつあげようとしない。

長剣が、黒人のあごの下をぬいとおした。

万騎長《マルズバーン》キシュワードの忠実な部下は、ひとことも敵に情報をあたえることなく、地にたおれて息たえた。

「双刀将軍《ターヒール》」キシュワードの肩の上で、「告死天使《アズライール》」がぶるっと全身をふるわせた。小さく、するどい鳴声をあげる。

「どうした、告死天使《アズライール》？」

キシュワードがたずね、不吉な思いに眉をくもらせた。

「お前の兄弟の身に、何かあったのか？　告命天使《スルーシ》に何か……」

鷹は答えない。ただ、主人を守るように、あるいは主人に守られるように、一段とキシュワードに身をすりよせた。ペシャワールから遠く離れた王都エクバターナで、兄弟が殺されたのを、人間にはない能力で、感じとったのであった。

VII

ダリューンとファランギースが、ペシャワールの城塞を目前にして、何度めかの敵と出あったのは、十二月十二日のことである。山間部では、はく息も白く、冷気は容赦なく頬をうつ。

「きさまらは、所詮《しょせん》、助からぬ運命だ。おとなしく馬をおりろ。そしてゆるしを乞《こ》え」

ふたりを半包囲した敵の隊長は、自信満々で言いはなったが、口を大きくあけすぎたのが、この男の生命とりになった。ファランギースの射放った矢が、その口のなかにとびこみ、彼を永遠に沈黙させた。

「口かずの多い男は好かぬ」

にこりともせずに、ファランギースは言いはなつ。

一瞬、ひるんだ後、敵は殺到してきた。百対二という数を思えば、当然のことだ。だが、ダリューンとファランギースは、巧妙にも、馬が二騎ならんではとおれない山道で、彼らをむかえたのである。

ダリューンの長剣がひらめくつど、敵の馬は騎手をうしない、鞍上《あんじょう》を空にして仲間のところへ逃げもどった。

十騎めが、ダリューンの長剣に血をけぶらせると、のこりの敵はさすがに動揺をみせたが、突然、あらたな一隊がその場にあらわれた。

「そいつはおれにゆずれ！」

とどろくような大声に、聞きおぼえがある。

ダリューンとファランギースの思ったとおりだった。敵兵が左右にわかれたと見ると、カーラーンの息子ザンデの姿が、ふたりの前にあらわれたのだ。それだけで、猛気が風となってふきつけてくる。

あきれたように、ファランギースはかぶりをふった。長い豊かな黒髪が、風をはらんでゆれた。

「たいした執念じゃ。だが、つきあうほうは、ちとつかれるな」

「おれが相手をする。女神官《カーヒーナ》どのは見物していればよい」

ダリューンが黒馬を一歩すすめると、ザンデのほうは一気に馬をかけよせてきて、大剣を黒衣の騎士につきつけた。

「今日こそ、きさまの首をとって、天界にある父にほめてもらうぞ」

「親孝行で、けっこうなことだ。だが、おれのほうは、べつにおぬしと戦いたいとも思わぬ」

「きさまは父の仇だ！」

「否定はせぬが、おぬしの父上とおれとは、正々堂々と戦って勝敗を決したのだ」

ダリューンは、つきはなした。

「それも、もともと、おぬしの父上が、パルスの万騎長《マルズバーン》でありながら、ルシタニア人どもの手先になって国を売ったがゆえ。子として、父の愚行をこそ、恥じるべきではないのか？」

「おれの父が、ルシタニア人どもの手先になったと!?」

ザンデはうなり声をあげた。

「父やおれは、パルスに正統の王位を回復するため、あえて一時、ルシタニア人にひざを屈する、そのまねをしただけのこと。いずれ、時がくれば、きさまとおれと、どちらが王家のまことの忠臣であるか、判明するわ」

「正統の王位とは、どういう意味だ」

「知りたいか」

ザンデは白い強靱そうな歯をむきだして、ふいに笑った。彼は銀仮面の正体を知っているが、ダリューンはまだ知らない。優越感をおぼえて、彼は笑ったのだ。

「知りたくば、おれと戦え。みごとおれに勝つことができたら、きさまの知りたいことをすべて教えてやる」

「では遠慮なく教えてもらうとしよう」

すでに十騎の血をすったダリューンの長剣がふりかざされた。陽光をうけて霜《しも》のように光る。

その瞬間に、ザンデは突進し、乗馬をぶつけてきた。

ただ一合《いちごう》。

強烈な打撃を冑《かぶと》にくらって、馬上からふっとんだのはザンデであった。亀裂のはいった冑は、半ばひしゃげて宙をとび、馬は狂ったように走りさっていく。

ザンデは呆然《ぼうぜん》として砂の上にすわりこんでいた。先日は、ダリューンをたじたじとさせたのに、今日は一合で馬上からたたきおとされてしまったのだ。ダリューンがひややかなほどおちつきはらって声をかけた。

「八の実力を十に見せる迫力と闘志は見あげたものだ。だが、二度も通用すると思うな」

「うぬっ」

逆上したザンデは、みさかいをなくした。大剣を水平にはらったのは、黒馬の前脚をたたき斬るためである。だが、ダリューンが黒馬をさおだたせたため、大剣は空をないだにすぎない。

「みぐるしいぞ、ザンデ！　前言を忘れたか」

「やかましい」

さらにザンデが大剣をふりかざしたとき、ファランギースが弓をひきしぼった。

矢はザンデの右手首に命中し、大剣は音をたてて地に落ちた。

「さあ、さきほどのせりふの意味を教えてもらおうか」

ダリューンの声に、顔をしかめながらザンデは手首の矢をひきぬいた。いきなり、その矢をダリューンの顔に投げつける。黒衣の騎士が身をかわす間に、ザンデは走りだしていた。

ファランギースの二本めの矢が、流星の軌跡をのこして、ザンデの背中に突きたった。

甲冑《かっちゅう》の上からであったが、心臓のうしろに強い一撃をうけて、ザンデは一瞬、息がつまった。よろめいて均衡をくずすと、甲冑の重さにひきずられて、完全に歩調がくずれる。

ほえるような叫びをのこして、ザンデの巨体は、崖の縁に消えた。急斜面をころがり、灌木《かんぼく》の枝をへしおりながら落ちていく。

馬をかけよせてファランギースが、崖下をのぞきこんだ。

「死んだであろうか？」

「どうかな」

ダリューンは幅の広い肩をすくめた。

「おぬし、知りあいの精霊《ジン》に問うてみたらどうだ」

「精霊《ジン》は、夕陽が沈みはじめるまでは目をさまさぬ。それに……」

ファランギースの緑色の瞳が、皮肉っぽくかがやいた。

「あのように、そうぞうしい男、精霊《ジン》どもも近よるのをいやがるであろう。いずれにしても、あの男、もはやおぬしの強敵ではありえぬ。ほうっておいて、先へいこうぞ」

「よかろう」

ザンデの部下たちは、逃げちって、影も形もない。ダリューンとファランギースは、あざやかな手綱さばきで、ペシャワールへつづく山道を駆けぬけていった。ただ、ダリューンの頭のなかで、ザンデのことばが不快に反響をつづけている。

正統の王――いったいどういう意味か？

そのころ、アルスラーン、ギーヴ、エラムの三人は、直線距離にすれば半ファルサング(約二・五キロ)ほどしかはなれていないべつの山道を、ダリューンらとおなじ方向へむけて走っている。

アルスラーンはよくエラムに話しかけ、エラムもようやくうちとけるようになって、ふたりの間にはどうやら友誼《ゆうぎ》めいたものが育ちはじめたように、ギーヴには思えた。その証拠に、とうとうエラムが言いだしたではないか。

「パルス国の西南に……」

エラムの黒い目が、想像の地平をはるかにながめやった。

「虚無の砂漠《エルアブハリ》が三百ファルサング四方にひろがっていて、そのはてに伝説の青銅都市《マディーナ》や円柱都市《ゲラハ》があるそうです。何年か前にナルサスさまからうかがいました。おとなになったら、そこをおとずれたいと思っております。そして、うしなわれた歴史や伝説やらを、多くの人に知らせてやりたいのです」

「お前のしらべた歴史や伝説を、私にも教えてくれるか」

「殿下がおのぞみなら」

「ぜひ、たのむ」

「かしこまりました」

エラムが、自分の将来の望みを語ってくれた。アルスラーンには、それがうれしい。困難で危険な旅も、よい友をえて、楽しいくらいだ。

もっとも、「保護者」たるギーヴには、それなりの苦労がある。「何だっておれが……」とつぶやきながら、彼は、寝る場所や食糧をさがし、敵と戦って少年たちを守ってきた。自分でふりかえって、半分は感心し、半分はあほらしくなるほどである。

その日の食糧をどうしようか、と思っていたとき、彼は、とある山間の草地で栗毛の馬が草をはんでいるのを見つけた。ギーヴは手をうった。馬肉を手にいれることができれば、何日かはもつ。そのことを、ギーヴは王子たちにつげた。

「ただ、どうもあれは誰かの乗馬らしくてね」

「野生馬ではないのか？」

「ちがいますな、殿下」

ギーヴはかぶりをふった。

「側対歩《だくあし》で走る野生馬などいませんよ。鞍《くら》も手綱もつけていませんが、あれはよほど訓練された馬です」

側対歩《だくあし》とは、馬が走るのに、右の前脚と後脚、左の前脚と後脚を、それぞれ同時に同方向へ動かすことである。ふつうの走りかたにくらべると、馬の姿勢は安定し、走る速度もはやまり、騎手と馬の疲労もずっとすくない。ただ、生まれつきどんな馬にもできるという走りかたではないので、騎手も馬も、よほどの訓練と素質が必要である。

「肉にするのは、おしいな」

さすが一流の騎手であるだけに、ギーヴはそう思った。ではどうするか。あの馬をとらえて、何か食糧と交換すればよい。なにしろギーヴは、数日前に金貨《デーナール》と銀貨《ドラフム》を気前よく地上にほうりだしたので、銅貨《ミスカール》を何枚かしか持っていない。ペシャワールの城塞は、もうそれほど遠くないはずだが、その前に餓死《がし》したのでは、いささかなさけないというものである。

「鞍も手綱もとって休ませているのだろうが、そんな不注意なまねをすると、ろくでもないことがおきるものだぜ」

そう言って、ギーヴは、「ろくでもないこと」を実行するために、用意をととのえて、丈の高い草のなかにしのびこんだ。風下にまわって近づく。手には、革ひもでつくった投げなわを持っていた。

丈の高い草のなかで、しばらく時をまつ。

やがて、草をふむ蹄《ひづめ》の音がしたとき、ギーヴは、ねらいすまして革の投縄を投じた。手ごたえがあった。馬がいななき、投縄をひっぱる。

「やった！」とギーヴは思った。だが、つぎの瞬間、彼はもののみごとに横転していた。何者かが、空中で投縄をたちきったのである。ギーヴは地上で一回転し、はねおきると同時に剣をぬきはなった。剣気が殺到するのをさとったからである。

「白昼堂々、人の馬を盗むとは、いい度胸だな」

その声に、はっきりとききおぼえがあった。

「ダリューン！」

「ギーヴか……」

二本の剣は、激突の寸前で停止した。

草のなかから、もうひとりともう一剣の姿があらわれた。ねらったのがダリューンの黒馬であれば、ギーヴもそのことに気づいたかもしれないが、彼がねらったのはファランギースの馬だったのだ。それも、もともと彼女の馬ではない。ザンデに馬を殺されたとき、べつの兵士からうばった馬であった。

「何じゃ、おぬし、無事であったのか」

「ファランギースどのか、ご心配いただいて恐縮のいたり」

「おぬしのことなど心配せぬ。天上の神々をだましてでも生きのこる男じゃからな。アルスラーン殿下はご無事であろうな。そうでなければ、おぬしはもう無事でなくなるぞ」

ギーヴは美しい脅迫者にむかって肩をすくめ、ふたりの少年に口笛で合図した。

こうして六人のうち五人が、ひさしぶりに顔をそろえたのである。だが、軍師ともいうべきナルサスが、まだ合流していない。ギーヴがファランギースの馬を盗もうとして失敗した、という出あいのおかしさに、ひとしきり笑い興《きょう》じると、アルスラーンが、のこるひとりの身を心配した。

「ナルサスは無事だろうか」

「ご心配にはおよびません。こと剣に関しても、ナルサスの上をいく者など、めったにおりません」

ダリューンは断言し、それは事実であったが、あの銀仮面をかぶった男のことを考えると、不安がある。あの男は、トゥラーンの王弟と、絹《セリカ》の国で会ったふたりの勇者以来、最強の敵であった。

ダリューンの表情を見たアルスラーンが、決断の声をだした。

「われわれは、六人そろって一体ではないのか。もうはなればなれになりたくない。ナルサスをさがしにいこう」

「ありがたいおことば……」

王子の心ばえに感銘をうけながら、だが、ダリューンは、かぶりをふった。

「ですが、殿下にそのような危険なまねをしていただくのは、ナルサスの本意ではございますまい。このエラムと私とで、彼をさがしてつれ帰りますれば、殿下はひと足お先にペシャワールへいらっしゃいますよう」

ファランギースもギーヴも、ダリューンの意見に賛成したので、アルスラーンもそれにしたがうしかなかった。自分が、行動のうえで、むしろ足手まといであることを、王子は知っていた。

ダリューンらとふたたびわかれ、ギーヴとファランギースに左右を守られて、東へ馬首をむけたアルスラーンは、左方、つまり北に、黒々としたひとかたまりの山地を見出した。形のととのった、万年雪の山々にかこまれて、その山地は、奇怪なほどけわしい山容をもち、暗い雲につつまれ、アルスラーンの目と心に不吉な印象をあたえる。

「あの山は何という？」

「あれがデマヴァント山です、殿下」

ファランギースが答えた。

「あれがデマヴァント山か……」

アルスラーンは息をのんだ。デマヴァント山といえば、三百年以上も昔、英雄王カイ・ホスローが蛇王ザッハークを永久に封印したといわれる山である。白昼でも食屍鬼《グール》や半獣人《シック》が徘徊《はいかい》し、沼からは瘴気《しようき》があがり、岩の間からは毒煙《どくえん》がもれる。つねに黒雲がたちこめ、夏は落雷がおおく、冬は吹雪《ふぶき》があれくるう。強風がふきすさび、落石が大地をうち、毒蛇やサソリがうごめく魔の山地なのだ。

「蛇王はいまでも地上へ帰る日を夢見て、洞窟《どうくつ》の奥ふかくで眠っている……」

伝説はそうつたえる。雷のとどろきは、パルス国をのろう蛇王の叫びであり、黒雲はそのはきだす息であるという。蛇王の邪悪な支配をうちたおしたカイ・ホスローも、蛇王自身を殺すことはできなかった。地下ふかくの洞窟に彼を押しこめ、ふとい鉄鎖で全身をしばり、両手両足の腱《けん》を切り、二十枚の厚い岩板をつんで地上への道をたった。さらに神々への祈りをこめて、自《みずか》らの宝剣を埋め、封印としたのだ。

突然、ギーヴが、声をあげた。流麗な旋律が、美声にのってただよいだす。

「鉄をも両断せる宝剣ルクナバードは
太陽のかけらを鍛えたるなり……」

ギーヴがうたったのは、「カイ・ホスロー武勲詩抄《ぶくんししよう》」の一節であった。

宝剣ルクナバードが、蛇王ザッハークを封印するために埋められた後、英雄王カイ・ホスローは、あまり幸福にめぐまれなかった。

王者としては、賢明で公正であり、国はよくおさまり、外敵は侵入しなかったが、わが子に背かれたのだ。まず兄弟どうしがあらそい、弟が兄を殺し、弟はさらに父の王権をねらった。そして、かつて蛇王ザッハークをとらえた死闘の地、マザンダラーンの野に、父と子とが、戟《ほこ》をまじえたのである。

十八歳で蛇王ザッハークを打倒する軍をおこし、二十五歳で全パルスを統一して玉座の主となり、四十五歳で死去したカイ・ホスローは、遺言により、甲冑をまとったままの姿で、土に埋められた。そのとき、宝剣ルクナバードは、デマヴァント山からほりだされて英雄王の柩《ひつぎ》におさめられたという。宝剣をほりだすとき、二十枚の巨大な岩板の奥から、ぶきみな声がとどろき、「一枚を十五年！　二十枚を三百年！」と言った——そうつたえるが、真偽《しんぎ》のほどはわからない。

「剣《つるぎ》もて彼の天命を継ぐ者は誰《た》ぞ……」

うたいおえたギーヴが、何かにとらわれたように伝説の山を見つめる王子の横顔を見やった。ギーヴの視線は、単なる興味という以上に、王子をそそのかしているようでもある。

「殿下、まいりましょう。精霊《ジン》どもが、けたたましく警告しております。あの山に近づいたら危険だ、と」

ファランギースのことばに、夢からさめたようにうなずいて、アルスラーンは馬をすすめた。

暮れなずむ空の下に、デマヴァントの奇怪な山容が遠ざかっていった。

Ⅷ

アドハーナの橋というのは、ペシャワール城塞の西、八アマージ（約二キロ）ほどの地点にかかった木製の橋である。

ペシャワールへおもむく軍隊が、かならずとおる重要な橋で、渓谷の上流にも下流にも、橋をかけるような場所は、三ファルサング（約十五キロ）ほども、存在しない。その橋が破壊された。

橋をおそい、五十人ほどの警備兵を斬りちらして、橋をおとしたのは、ザンデとその部下たちであった。

「ざまを見よ、この橋をおとせば、そうかんたんにペシャワールにはつけぬ。ヒルメス殿下がおもどりになるまで、二、三日は時がかせげるわ」

すり傷、きり傷だらけの姿で、ザンデは哄笑《こうしよう》した。ダリューンに敗れ、崖から転落したのはつい先日のことなのに、すでに猛気を回復している。

考えてみれば、最初に橋をおとし、逆方向からアルスラーン一党を追いつめればよかったのだ。ペシャワールの方向へ追いこんでも、あまり意味がない。おそまきながら、ザンデはようやくそのことに気づいたのだ。ヒルメスこそが、うかつであったといえないこともないが、十一歳で祖国から脱出したヒルメスは、東方国境一帯の地理にはくわしくなかった。

アドハーナの橋が、石でつくられていれば、これをおとすのは、きわめてむずかしかったであろう。木の橋を石の橋につけかえることは、十年以上も昔から提案されていたが、その間、橋が使えなくなるという理由もあって、ずるずるとひきのばされてきた。そのあげく、ザンデの手でたたきこわされてしまったのだ。

アドハーナの橋がおとされた、との報は、当然ながらペシャワール城のキシュワードを激怒させた。

「おとされたものは、しかたない。ただちに浮橋をかけよ」

はきすてるように命じた。いささかおもしろくないのは、バフマンが、このところとみに精彩《せいさい》をかいて、万事をキシュワードにゆだねてしまう傾向があるからだった。そもそも、橋の警備も、一か月交替でおこなわれ、十二月はバフマンの担当だったのだ。何をぼんやりしている、しっかりしろ、と、どなりつけてやりたいのだが、父親のような年齢の先輩に対して、そうは言えない。

言えないかわりに、行動した。浮橋をかける工事も、その警備も、付近の偵察も、彼の指揮でとりおこなった。

そして、偵察の結果は、その日の太陽がしずむ前にもたらされた。これは自分の独断で処理するわけにいかず、キシュワードはバフマンのもとへ足をはこんだ。

「お聞きになられたか、バフマンどの」

「うむ……」

「西の山地が、何かとさわがしいとか、甲冑をまとった胡狼《ジャッカル》どもが、しきりにうろついて、旅ゆく良民を害しておる由《よし》。目的は、おいはぎ強盗にあらず、アルスラーン殿下の身命でござろう」

「……」

「もしそうであれば、われらとしても、何らかの策《て》をうつべきと存ずるが」

「そうさな、たしかに、やつらのねらいは、アルスラーン王太子殿下であろう」

「それ以外に考えられませぬな、バフマンどののご明察には感服いたします」

キシュワードは皮肉ったが、バフマンの反応はにぶかった。石づくりの暖炉にもえる火を、放心したように見まもっている。

「では、バフマンどののご許可をえて、手配をさせていただく」

「……というと？」

「わが配下、一万の騎兵のうち、半数を城外に出して、殿下をおさがしいたす。百騎ずつ五十組を、あらゆる山道にわけはなち、狼煙《のろし》をもってたがいに連絡させ、無事にアルスラーン殿下をこの城におむかえするつもりでござる。よろしゅうござるな？」

バフマンが返答をためらっている間に、キシュワードはさっさと部下の武装と編成をすめたが、翌朝、出発の直前に、べつの急報がもたらされた。

隣国シンドゥラの一部隊が、にわかに国境のカーヴェリー河をこえ、侵入を開始してきたのである。

「このような時期に！」

キシュワードは舌打ちした。いよいよ王太子の所在がわかろうというときに、とんだじゃまがはいったものだ。

だが、決断も行動も速かった。バフマンにペシャワール城の留守をたのみ、部下のうち五千騎をひきいて、カーヴェリー河の岸へと駆けつけた。

「おそらく、シンドゥラによけいな知恵をつけた者がいるにちがいない。パルスの国内が乱れているゆえ、侵攻するならいまだ、と。シンドゥラとしては、半信半疑で、一定数の兵力を投入して、ようすをさぐる気だろう。一戦して国境外にたたきだし、やつらをこりさせてやるしかない」

そういう判断からであった。

河をわたって侵入してきたシンドゥラ軍は、騎兵と歩兵をあわせて五千人ほどであった。シンドゥラ自慢の戦象《せんぞう》部隊がいないことが、キシュワードの判断の正しさを証明した。まだシンドゥラは本気で侵攻するつもりはないのだ。

河岸の段丘の上に、五千騎を整列させると、キシュワードはよくとおる声で、敵軍によびかけた。

「パルスの万騎長《マルズバーン》キシュワードだ。汝ら、シンドゥラの黒犬ども、招かれもせぬのに、わが国の境を侵して、何を求める気か？」

返答は、ことばではかえらなかった。槍をかまえた騎兵の群から、ふたりがキシュワードの前へ躍りだし、左右から同時におそいかかってきた。

キシュワードは、両手を左右の肩にまわし、せおっていた二本の剣を抜きはなった。ふつうの剣より、こころもちみじかい剣であった。

これほど変幻の剣技を見るのは、シンドゥラ兵にとっては、はじめてのことであったろう。

二条の剣光が、ふたつの死を産んだのである。

ふたりのシンドゥラ槍騎兵《そうきへい》は、自分たちのつきだした槍の穂先が、宙に斬りとばされるのを見た。そして、つぎの一瞬には、仲間の首が両断されて宙に血の軌跡をえがくのを見たのだった。

「昨日《きのう》までは知るまい。今日よりは忘れるな。パルス国に双刀将軍《ターヒール》キシュワードのあることを！」

豪語をはなつと、キシュワードはそのまま、血ぬれた双刀《そうとう》をかざして突進をつづけた。両脚で馬体をはさみつけ、それだけで馬をあやつるのである。騎手としての技量も、おどろくべきものであった。

「双刀将軍《ターヒール》につづけ！」

五千騎のパルス軍は、喊声《かんせい》をあげると、われさきに敵勢へむけて疾駆《しっく》した。

八万騎がアトロパテネの野に展開したときとは、くらべものにならないが、五千騎のパルス騎兵の突進は、地をゆるがし、甲冑は陽光の下でかがやきわたる波となった。

先頭に、つねにキシュワードがいる。二本の剣を右に左に、ふりおろし、ひらめかせると、シンドゥラ兵の冑首が宙にまい、騎手をうしなった馬が鞍を人血にそめて、砂塵《さじん》と水《すい》煙《えん》のいりまじるなかを狂奔《きょうほん》していく。

キシュワードの馬首がむくと、その方向にいたシンドゥラ兵はあわてて、双刀のえじきとなることをさけた。

けばけばしい原色の軍装に身をかためたシンドゥラの将軍がひとり、たくましい馬にまたがって、キシュワードの前をさえぎった。シンドゥラ語の大声がひびきわたる。

「パルス語でしゃべれ!」

キシュワードがやりかえす。かつて西方国境を守っていたときは、ミスル語をおぼえたが、まだシンドゥラ語は、話すのもきくのも不自由なのだ。

パルス語は、大陸公路の公用語である。シンドゥラ人の将軍ともなれば、まずしゃべれない者はいない。

「おれの名は、ダラバーダ。シンドゥラの一軍をあずかる者として、おぬしと、一対一で勝敗を決したいが、どうだ」

「それはかまわぬが、ひとつきいておく。おぬしの主君は、どちらの王子だ。ラジェンドラか、ガーデーヴィか」

シンドゥラの将軍は、腹とひげをゆすぶって笑った。

「ラジェンドラなど、奴隷女の腹からうまれた犬ころにすぎぬ。正嫡《せいちゃく》はガーデーヴィさまよ。あのおかたこそ、つぎにわが国の玉座に腰をおすえになろう」

「なるほど、よくわかった。きさまのみぐるしいひげ首は、塩づけにでもして、ガーデーヴィめのもとへ送りとどけてくれようよ」

「大言を！」

ダラバーダが大刀の鞘《さや》をはらった。シンドゥラ名物の夏嵐《シクロン》にもにた、すさまじい斬撃が、キシュワードにおそいかかる。

だが、つぎの瞬間、ダラバーダの冑首と、大刀をつかんだ右腕とは、同時に胴をはなれ、血の尾をひいて、べつべつの方向へ飛びさっていた。

首と右腕をうしなった胴体が、宙に血をまきちらしながら地上へ転落する。シンドゥラ兵たちは、おどろきと恐怖の叫びをあげた。

騎兵たちは馬首をめぐらし、歩兵たちはきびすを返して、つぎつぎと逃亡をはじめる。逃げくずれる敵軍を、ひややかに見まもっていたキシュワードが、するどく口笛を吹くと、「告死天使《アズライール》」が、敗軍の頭上を、きりさくように、はばたきわたっていく。

やがて、鷹に追いたてられて、ひとりのシンドゥラ兵がキシュワードのもとへ、ころげよってきた。シンドゥラ語を解する士官をよんで、いくつか尋問をおこなう。知るかぎりのことをしゃべりつくして、シンドゥラ兵は、地にはいつくばって助命をこうた。

「おぬしを殺しても益はない。生命は救ってやる。だからガーデーヴィのもとへ帰ってつたえるがよい。二度とわが国の境を侵すな、さもなくば永遠に王にはなれぬぞ、と」

キシュワードは、部下をよんで、ダラバーダ将軍の首をもってこさせた。ダラバーダの軍衣の一部を斬りさいて、首をつつませ、それを兵士の首にかけさせる。

重い、ぶきみなみやげを首にかけられたシンドゥラ兵は、よろめきながらも、けんめいに、逃げさった味方のあとを追っていった。

まず、戦いの目的は達した。三々五々《さんさんごご》、カーヴェリー河をわたって逃げさる敵軍を、キシュワードは馬上からながめやった。

「告死天使《アズライール》！　告死天使《アズライール》！」

主人の声に応じて、勇敢で忠実な鷹が、空をかけてきた。双刀を背中の鞘におさめ、腕をあげて、鷹をとまらせると、キシュワードは語りかけた。

「告死天使《アズライール》よ、お前も存じあげておろう。われらが王太子アルスラーン殿下が、城の近くにいらしておるやもしれぬ。おさがしして、場合によっては守ってさしあげるのだぞ」

りこうそうな瞳で主人を見ると、鷹はいきおいよくはばたき、目の奥までそまるほど青い大空へまいあがっていった。

第五章　王子二人

I

銀仮面卿ことヒルメスが、王都からもどって、アルスラーン追跡の総指揮をふたたびとるようになったのは、十二月も中旬にはいってからである。

それはザンデがアドハーナの橋をおとした翌日のことで、キシュワードがシンドゥラ軍を河むこうに追いかえした、その当日であった。

ヒルメスがこのとき指揮下におさめているのは、ザンデのひきいるパルス兵、諸侯《シャフルダーラーン》ホディールの旧部下、アルスラーンの首にかかった賞金がめあての雑多な私兵集団、それに、ギスカール公が貸してくれたルシタニア兵などで、人数だけは五千人をこえている。だが、むろん、おたがいに協力しようとはせず、功をあらそうだけで、連絡のとりようも悪い。

だから、ある部隊がアルスラーンらを追いかけて、逃げられたあと、べつの部隊にそれが通報されることもなかった。不手際の連続が、アルスラーンらにとっては幸運となったわけである。

それでも、五千人という人数が山間をうろついていると、アルスラーンらもそれをさけて行動するしかない。ギーヴにしても、ファランギースにしても、手持ちの矢がとぼしくなったため、うかつに弓を使うことができず、敵を見ればまず逃げることにした。そうなると馬はつかれる。とても安楽とはいえない数日であった。

王都からもどって、事態が何ら進展していないことを知ったとき、ヒルメスの気分は、かなり複雑であった。部下たちを、「無能者」とどなりつけてやりたい気分ではあるが、いっぽう、アルスラーンらを自分自身の手でとらえて地面にひきすえてやりたい、とも思うのだ。

「ザンデよ、それにしても、ひどいかっこうではないか。おぬしの苦労がしのばれるな」

ヒルメスのことばは、皮肉まじりではあるが、いつわりではない。

ザンデの顔にも両手にも、無数の小さな傷がつき、いたるところに血がかわいてこびりついている。

「ヒルメス殿下のおんためなれば、身体の皮膚《ひふ》すべてそぎとられようと、もののかずではございませぬ。それよりも、殿下、アルスラーン一党のうち、策士のナルサスめを前日夕に発見し、ずっとみはっておりますれば、殿下ご自身にてご成敗くださいますよう」

ヒルメスは、いささかザンデを見なおす気になった。この若者は、情報もたしかだし、意外に、斥候《せっこう》や間者《かんじゃ》を使うことに長《た》けているらしい。まあ、そのていどのとりえがなくては、ヒルメスとしては、カーラーンの子といっても、無条件で重く用いるわけにはいかぬ。

いずれサームが完全に回復すれば、あの男に軍師役を命じるとしよう。知恵も分別もある男だ。ザンデも、骨おしみせずによくはたらくし、経験をつんで成長すれば、死んだ父親にまさる猛将となるだろう。

「よし、まずナルサスめをかたづけてくれよう」

ヒルメスは言いはなった。

ナルサスとアルフリードは、それぞれの馬を駆って、山道を走りぬけていた。ナルサスは、かなり長い間、無言をとおし、同行者が声をかけるのにも返事すらしない。しきりに何かを考えているようである。

ナルサスにしても、こまかい計算ちがいは、かぞえきれない。

とっくにペシャワールの城塞《じょうさい》についているべきなのに、まだその付近の山中を、うろうろしている。とんでもない場所で、彼らをさがしている敵にばったり出あって、あわてて逃げだしたことが、何度あったことか。

敵の動きが無秩序で、統一されていないだけに、かえってナルサスとしては計算がたてにくい。これはまことに皮肉な結果というしかなかった。敵の動きが統一されていれば、ナルサスにとって、その動きを読むことは、むずかしくはなかったのだが。

「ねえ、ナルサス、何だか変だと思わないかい？」

そう言ったのは、ナルサスにとって最大の計算ちがいともいうべき人物であった。ゾット族の族長の娘である。

「何が変だ？」

「さっきから、おなじ道をぐるぐるまわっているような気がするんだ。ほら、あのぶかっこうな岩、たしかにさっきも見たよ。この角度から見ると、駱駝《らくだ》があくびしているように見えるんだ」

「よく気がついた」

少女の表現に、つい笑いをさそわれながら、ナルサスはうなずいた。むろん、彼はとうにそのことに気づいていた。気づいていたが、さてどうするか、という点が、彼を無口にしていたのである。

路上に、断崖の影がおちかかり、そこに騎馬の影もおちている。頭上を見あげると、ナルサスらをかこむような騎士たちの動きが、ちらちらと見えた。

「こいつは、かんたんに逃げられんな」

ナルサスは覚悟した。もっとも、彼のことだから、武力のみにたよって危地を脱しようなどとは思わない。

前方の、山道が大きくひらけた場所に、五十騎ほどの人馬がかたまっていた。すべてパルス兵であることを、ナルサスは見てとった。少数精鋭ということであろう。その先頭にたつのは、あまり歓迎したくない相手だった。例の銀仮面である。さっさと馬首をめぐらして逃げだしたいところだが、後方にも敵がせまっていることは、ふりかえらなくてもわかった。正面から対決するしかない。

たがいの距離が二十ガズ（約二十メートル）ほどになったとき、ナルサスが機先を制した。

「ヒルメス王子！」

ナルサスの口からその名が飛びだして、つぶてのように銀仮面の男を撃った。

「……なぜわかった？」

自分がヒルメスであることを否定するのは、彼の人生それ自体を否定することであった。だからヒルメスは、しらをきるわけにいかなかった。ナルサスの、それがねらいであって、彼としては、そこを入口に舌戦《ぜっせん》で時をかせぐ必要があったのである。それにしても、ナルサスにとっては、「まさか」という疑惑が事実にかわったわけで、表面ほど平静ではいられなかった。

ナルサスの心を読めるはずもなく、ヒルメスは馬を二、三歩すすめてきた。

「よし、いずれにせよ、こうなっては話が早い。ナルサス、おぬしの智謀は一国に冠絶《かんぜつ》すると聞いた。アルスラーンめをすてて、おれの部下になれ。そうなれば、重く用いてくれるぞ」

「重くとは、どのように?」

「万騎長《マルズバーン》でも、宮廷書記でも、あるいは宰相でも……」

それを聞いて、ナルサスは高く笑った。この笑いは、かならずしも演技ではない。

「何を笑う!」

笑われることが、ヒルメスはきらいだった。銀仮面の両眼が灼熱《しゃくねつ》の気を発した。

「失礼いたした」

そうナルサスはあやまったが、さほど誠意はない。

「……まあよい。どうだ、おれにつかえる気はあるのか」

「せっかくのお申し出なれど、おことわりする」

「ほう、なぜだ」

「ひとたび隠者としての生活をすてたからには、器量にすぐれた主君を持つことが、生涯の望み。いま、私には、それがあるのに、みすみすそれを捨てる気には、残念ながらなり申さぬ」

「きさま、おれの器量がアンドラゴラスの小せがれに劣るというか」

したたかに誇りを傷つけられて、ヒルメスの声が嵐をはらんだ。

「あなたがヒルメス王子であれば、ダリューンと同年。私より一歳上。そしてアルスラーン殿下とは十三歳ちがい……」

ナルサスは、ことさらにひややかな口調をつくった。

「にもかかわらず、アルスラーン殿下のご器量は、すでにあなたの上をいく。これより将来、アルスラーン殿下のご成長にともない、差は開くいっぽうでござろうよ！」

銀仮面全体が、怒気にかがやいたように見えた。右手を長剣の柄《つか》に走らせたが、すぐには抜剣《ばつけん》しない。

ナルサスは、さらに議論をふきかけた。すこしでも時間をかせぎ、味方の来援《らいえん》と、敵の油断とを待たねばならない。

「あなたは王位を回復するために、ルシタニア人と手をくんだ。ルシタニア人が、マルヤムで何をやったか。彼らがパルスでどんなことをするか。あなたはご存じだったはずだ。たとえあなたがパルスの正統の支配者であっても、パルスの民に対して、そのようなことが許されるとお思いか」

「パルスの民がどうしたと？　やつらは十六年にわたって、正統ならざる王をあおいでいたではないか。簒奪者《さんだつしゃ》を国王《シャーオ》と、たてまつっていたではないか！　それらの罪を、正統の王たるおれが、ただすのは当然ではないか」

語尾が、噴火のような怒りにふるえている。

「なるほど、あなたを国王とみとめぬかぎり、パルスの民には生きる権利さえない、と、そういうわけか」

ナルサスは舌うちした。

おそらく、父の死以来、十六年間、ヒルメスは、自分が正統の国王《シャーオ》であることを、生きるささえにしてきたのだ。彼が王位につくこと、それこそがヒルメスにとっての正義であることを、信じこんでいるにちがいない。叔父たるアンドラゴラス王に対する憎悪《ぞうお》が、彼の人生をつらぬいてきたのだ。

「いまひとつ、私の気に入らぬこと」

ナルサスはさらに舌戦をつづけた。

「アルスラーン殿下は、私に部下になるようお頼みになった。ところが、あなたは頭ごなしに命令なさる。私のようなひねくれ者には、はなはだおもしろくござらぬ」

事実であり、本心である。だが、むろん、このようなときにもちだす話ではない。ヒルメスは、冷笑して剣を抜けばすんだのだが、ここまですでにナルサスの策《て》に乗ってしまっていた。自分の正当さを主張せずにはいられない心理状態にあった。

「おれはオスロエス五世の子だ。パルスの正統の王であり、きさまらの上に立つ人間だ。命令して何が悪い」

「あたしのナルサスは、お前なんかの部下になったりしないよ！」

それまで沈黙していたアルフリードが叫んだ。その声を聞いて、ナルサスはわずかによろめいたが、ヒルメスに斬りこませる隙は与えなかった。

「ほう、ダイラムの旧領主は、高貴な諸侯《シャフルダーラーン》の身でありながら、下賤《げせん》な盗賊の娘が好みか」

はじめて、冷笑が、毒気《どつき》をはこんできた。

ナルサスは表情も変えなかった。おどろいたのは、アルフリードのほうだ。目をみはってナルサスをみつめた。

「ナルサス、あんた、貴族さまだったの！」

「おれの母は自由民《アーザート》だった。おぬしとおなじだ。おどろくことはない。王族《ワースプフラーン》や貴族《ワズルガーン》だからといって、角《つの》や尻尾《しっぽ》がはえているわけではない……」

にがにがしく言う間に、ナルサスはたちなおっていた。とにかく、ヒルメスに心の余裕をあたえてはならないのだ。

「もっとも、その御仁《ごじん》については知らぬ。あのように仮面をつけているのは、ひとつ目かみつ目をかくすためかもしれぬな」

「王者たる身には、これをおこなうべき正しい理由があるのだ。きさまなどにはわかるまいが」

「ご卑怯でしょう」

「なにっ」

「仮面で顔をかくしてルシタニア人の手先となり、仮面をはずして解放者をよそおい、パルスの国王《シャーオ》を称する。王者の知恵にあらず、奸智《かんち》というべきでござる。恥じるところはござらぬか」

本心をつかれて、ヒルメスは仮面の下で顔をこわばらせた。彼がルシタニア軍をパルス国内にひきこみ、その間、仮面で顔をかくしつづけてきた理由を、一言でいいあてられたのである。動揺した。

「きさま、正統の国王《シャーオ》をそしるか」

ヒルメスは最後のよりどころにとりすがって、うめいた。両眼から、正視しがたい光がほとばしった。

「正統だの異端《いたん》だの、どうでもよろしい」

ナルサスはやりかえした。半分は、売りことばに買いことばというべきであろう。アルフリードがおどろくほど、語気が強くなった。

「たとえパルス王家の血をひかぬ者であっても、善政をおこなって民の支持をうければ、りっぱな国王《シャーオ》だ。それ以外に何の資格が必要とおっしゃるのか」

「だまれ!」

ヒルメスは低く、だがするどく叫んだ。

「パルスを統治するのは、カイ・ホスロー英雄王の子孫であるべきだ。それをすら、きさまは否定するというか」

「カイ・ホスロー王の以前にパルスを統治していたのは、かの蛇王ザッハークでござる。さらにその前は、聖賢王《せいけんおう》ジャムシード。カイ・ホスローは、そのいずれの血をも受けついではおりませんぞ」

冬の風が、沈黙を、綿雪《わたゆき》のようにはこんできた。ここまでだな、と、ナルサスは思った。

もともと合意が成立するはずもないが、話せば話すほど、たがいの距離は遠ざかるいっぽうだ。

「ずいぶんと、たわごとを聞いてやったが、よくわかった。ナルサスよ、きさまは、パルスの伝統と王威《おうい》を破壊しようとたくらむ、不逞《ふてい》の輩《やから》。智略《ちりやく》をおしんで、きさまを臣下に、などと思ったおれに、気の迷いがあったわ」

「ナルサス、気をつけて……！」

アルフリードがささやいた。銀仮面の発する、すさまじい殺気を感じたのだ。

ナルサスとしても、ここまで舌戦をくりひろげ、貴重な時間をかせいだことで、満足しなくてはならなかった。

それにしても、ここまで極端に意見がくいちがうと、かえって爽快なほどである。生命あるかぎり、ヒルメス王子とは、対立しつづけなくてはならないだろう。ということは、ナルサスとしては、いよいよアルスラーンに忠誠をつくし、あの少年が善王に成長するよう力を貸してやらねばならない。これは、なかなかおもしろそうな人生の再出発ではないか。すくなくとも、たいくつだけはしないですみそうだ！

ヒルメスの長剣が、虹の光芒《こうぼう》をはなった。

「おぬしら、手をだすな。こやつの首と舌は、おれの手で斬りとってくれる」

「ご存分に、殿下」

巨体をゆすって叫んだのはザンデだが、その名はナルサスの知るところではない。

「不肖《ふしょう》ながら、殿下のお相手をつかまつる……」

ナルサスも長剣の鞘《さや》をはらった。

「ところで、そこのでかぶつ」

これはザンデのことだ。かっとなって、何か言いかえそうとするのへ、すまして言いつける。

「殿下のご命令に、ひとつつけくわえる。きさまもパルス騎士であるからには、女には手を出すな。これは国王《シャーオ》の名誉にかけてのことだぞ」

「言うとおりにしてやれ、最後の望みだ」

嘲笑《ちょうしょう》まじりにそう命じると、ヒルメスは馬腹をけりつけ、人馬一体となってナルサスに突進してきた。

「死ね、ナルサス！」

その瞬間、ナルサスの剣の刃が、陽光の巨大なかたまりを反射させ、ヒルメスの両眼にたたきつけた。

目がくらんだ。

「あっ……！」

ヒルメスの長剣は、みごとに空を断っている。

すかさずのびたナルサスの剣が、馬の手綱《たづな》を両断した。いかに名騎手でもたまらぬ。ヒルメスは馬上から転落し、砂地にたたきつけられた。はねおきざま、体勢をととのえて剣をふるったのはさすがだが、まだ両眼は視力を回復していない。

「ナルサス、きさま！　尋常にたちあうのではなかったのか！」

「正統の国王《シャーオ》にむける剣はござらぬよ」

痛烈な一言をなげつける。もともと、一騎打などするつもりは、ナルサスにはないのだ。

「逃げるぞ、アルフリード！」

さけんだとき、すでに彼の馬は疾走をはじめている。アルフリードがそれにつづく。追いすがって剣をふりおろそうとした一騎は、ナルサスがふりむきざま投げつけた短剣《アキナケス》を顔面にうけて、馬上からもんどりうった。

混乱と怒号と砂塵《さじん》が、逃亡者の走りさるあとにのこされた。

II

自分は策士などではないな。そう思って、ナルサスは馬上で苦笑した。ほんとうに彼が策士であれば、ああいうとき、もうすこし自分の本心をごまかすのではないだろうか。相手が国王《シャーオ》であろうと王子であろうと、言いたいことを言わずにいられない。にくまれようと、あとでこまったことになろうと。それがナルサスの本性《ほんしょう》である。

ふと気づいて、ナルサスは、ゾット族の族長の娘をかえりみた。

「アルフリード、いいか、銀仮面の男の本名がヒルメスということ、彼が何を語ったかということ、このふたつは、けっして他人に話さないでくれ」

アルフリードは、馬上から何度もふりむいて安全を確認していたが、ナルサスの声に大きくうなずいた。

「わかったよ、ナルサスがそう言うなら、誰にも言わない。約束する」

「ゾット族の名誉にかけて？」

「ゾット族の名誉にかけて！」

きまじめに答えて、少女は、くすりと笑った。ナルサスに対する全面的な信頼と親愛がこもっている。

「ナルサス、あたしたち、共通の秘密を持ったわけだね」

これは、深刻になってしまったナルサスを笑わせようとして言ったのだが、彼はみじかく苦笑しただけで、それに応じようとはしなかった。

後方から、馬蹄《ばてい》のとどろきが近づいてきた。

ナルサスは表情をひきしめた。ヒルメスの追手であることは、見なくてもわかる。追いつかれたら、もはや奇策も弁舌も通用しない。ヒルメスと一対一なら、そうひけをとるとも思わないが、こちらにはアルフリードがいるし、敵は多勢《たぜい》なのだ。ふたりは馬を速めた。

「ナルサスめがいたぞ！」

追手の先頭にいた騎士がさけび、崖のはしをまわろうとするナルサスらの姿を指さした。追手は喊声《かんせい》をあげ、片手に剣をぬきつれて、崖のはしをまわりかけた。

その瞬間。

うなりを生じて飛来した黒羽の矢が、先頭の騎士の胴をつきぬいて、馬上からふきとばした。

すさまじい強弓《ごうきゅう》であった。たてつづけに飛来した三本の矢が、三人の騎士を即死させ、地にたたきつけた。羽のはえぎわまで、彼らの身体にくいこむほどのいきおいであった。

あわて、恐怖して退却する追手を見やって、弓を手にした黒衣の騎士が、うしろをふりむいて不敵に笑った。ナルサスをさがしにきたダリューンであった。

「ナルサス、ひとつ貸しておくぞ」

「ぎりぎりでまにあって、えらそうに言わないでほしいものだな」

ナルサスはやりかえしたが、さすがに呼吸が、わずかながらみだれている。

「ナルサスさま、ご無事でよろしゅうございました」

エラムが、こちらはすなおによろこびをあらわした。

弓を鞍《くら》にかけてもどってきたダリューンが、アルフリードに興味の視線をむけた。

「ところで、ナルサス、こちらの女性《にょしょう》は？」

その質問は当然のものであったが、ナルサスはややあわてた。さて、どう説明したものであろう。

「いや、つまりこれは……」

「わたしはアルフリード。ナルサスの妻だよ」

意外すぎる自己紹介のことばに、おどろきの視線が、ナルサスにむけられた。

「ちがう！」

ナルサスは叫んだ。それをいたずらっぽく見やったアルフリードが、すましてつづける。

「うん、ほんとうはね、正式に結婚はしてないんだ。だから、ほんとうはただの情婦だけど」

「情婦!?」

「ナルサスさま……」

ダリューンとエラムに、まじまじと見つめられて、ナルサスは彼に似あわず逆上寸前である。

「ちがう、ちがう、おれは何もしておらぬ。妻だの情婦だのと、この娘の出まかせだ」

「いやにあわてるではないか」

「あ、あわててなどおらぬ。この娘はゾット族の族長の娘で、例の銀仮面めにねらわれたのを、救ってやったのだ。ただそれだけの縁にすぎぬ」

「ナルサス、かくさなくてもいいのに」

と、アルフリードが、事態に油をそそいだ。

「よけいなことをいうな。ほんとうに、何もしてはおらぬ。隣の部屋に寝ただけだ。うしろめたいことなど何もない」

むきになって弁解するナルサスを、ダリューンはしばらくながめていたが、笑いだすのをこらえる表情で、せきばらいした。

「まあ、すんだことはともかくとしてだ、ナルサス……」

「どういう意味だ!? おれは何もすませたりしておらぬ」

「わかった、とにかくこれからのことだ。おぬし、この娘をペシャワールの城につれていくのか」

ダリューンのほうが冷静である。ナルサスは、すこし頭をひやすことができた。

「そうだ、忘れていた。アルフリード、おぬしはゾット族の族長の娘なのだからな。なくなった父上にかわって一族を指導しなくてはならないはず。いちど一族のもとにもどったらどうだ?」

ナルサスの声と表情には、露骨な期待がこもっていたが、アルフリードはけろりとして、形のいい手をふってみせた。

「ああ、心配はいらないよ。あたしには兄者《あにじゃ》がいるからね。あたしとは腹ちがいで、それはもう、頭がいいのと性格がわるいのと、両方そろってる。もどったところで、けんかしてとび出すか、追い出されるか、さ。だから何も心配いらないよ」

「心配させてくれぬものかなあ」

ナルサスはうなったが、ふと視線を動かして、おどろいた。

エラムが、無言のまま、さっさと自分ひとり馬の足をはやめて歩きだしたからである。

「おい、エラム……」

ナルサスが声をかけると、侍童《レータク》の少年は、いやに冷淡そうな目つきでふりかえった。

「ダリューンさま、いそぎましょう。すぐまた追手もきましょうし、アルスラーン殿下がきっとお待ちかねです」

ことさらに主人を無視して言い、またさっさと馬をすすめるのだった。


一夜あけた翌日、ダリューン、ナルサスら四人は、ようやくアルスラーンらとの合流をはたした。

「ナルサス、ナルサス、よく無事でいてくれた。ほんとうによかった」

アルスラーン王子は、馬上から手をのばして、ダイラムの旧領主の手をとった。ナルサスも、すなおな感情のたかまりをおぼえて、心からあいさつした。

「殿下には、ご心配をおかけいたしまして、申しわけございません。なに、お約束どおり宮廷画家にしていただくまでは、そうやすやすと死にはいたしませぬゆえ、ご安心を」

そのことばで、ダリューンが、半ば笑い、半ばせきこんだ。

王子に紹介されるとき、アルフリードはさすがにしおらしかった。一国の王子を前にして、彼女なりに緊張したらしい。「わたくしも、殿下におつかえして国のためにはたらきとうございます」などと言ったものである。もっとも、アルスラーンに敵対する銀仮面の男は、彼女の父の仇《かたき》であるし、彼女がルシタニア人をにくんでいることは嘘ではない。

「そうか、では、いまのところろくなお礼もできないが、すきなようにするといい」

アルスラーンはそう言って、アルフリードの戦列参加をみとめた。

いい王子だ、と、ナルサスは思う。このやさしい心ばえを、いつまでも持ちつづけてほしいものだ。

もし、アルスラーンがヒルメスのように、民よりも国を、国よりも王位を重しとするような支配者になれば、パルス人は救われぬ。ヒルメスの怒り、憎悪、復讐心はおそらく当然のものであり、その点は同情してもよい。だが、彼の復讐心を満足させるために、他《ほか》のすべてが犠牲になってよかろうはずはなかった。

「それにしても、アンドラゴラス王も罪ぶかい人ではある。タハミーネ王妃《おうひ》ひとりをえるために、どれだけのものをうしない、傷つけたことか。身から出た錆《さび》といえばそれまでだが……」

ナルサスは、じつは自分の選択に、万全の自信があるわけではない。銀仮面の男の正体を、アルスラーンにも、ダリューンにもあかさずにいることが、よいことなのかどうか。

くこの王子が、自分の出生の秘密を知ったとき、どうなるか。単に予測しているだけでなく、心配している自分に、ナルサスは気づいていた。

一同は、ペシャワールの城をついに東にのぞんだ。岩山と疎林《そりん》の彼方《かなた》に、赤い砂岩《さがん》の城壁や塔が見える。距離は、八アマージ（約二キロ）というところであろう。だが、目の前に、深い渓谷があり、直進はできない。下流にまわって、わたれる場所をさがそう、ということになり、一同は流れにそってしばらく馬をすすめた。

そして、流れが浅く、ゆるやかな場所をさがしあてたとき、伏兵《ふくへい》に出くわしたのである。たちまち乱戦状態になり、アルスラーン、エラム、アルフリードの三人を輪のうちにかこんで、他の四人は卓絶《たくぜつ》した剣技をふるった。

一閃《いっせん》ごとに血と絶鳴《ぜつめい》がはねあがり、敵兵の姿が馬上から消える。

「アルスラーンは生かしてとらえろ！　他の者は殺せ！」

そうほえる馬上の若者を見て、ダリューンが、両眼をするどく光らせた。むろん、それはザンデであった。

「まだこりぬか、カーラーンの不肖の子が！」

「おうさ、きさまの首をとるまで、あきらめるものか」

「よしっ、そこを動くな。永久にあきらめさせてやる」

ダリューンが黒馬の腹をけって突進すると、五、六騎が剣の壁をつくってそれをはばもうとしたが、ほとんど一瞬のうちに左右に斬り落とされてしまった。

ダリューンが、血しぶきをつっきって肉迫するのを見ると、ザンデは、ついさっきの豪語《ごうご》はどこへやら、一合《いちごう》も戦わずに逃げだした。一騎打でダリューンにかなわぬのを思い知らされた――それだけではない。ダリューンをアルスラーンからひきはなすため、わざと醜態《しゅうたい》を見せたのである。

猛然と追いすがろうとして、ダリューンはその策略をさとった。馬首をひるがえして、王太子のそばにとってかえし、アルスラーンに斬りかかった一騎を、脳天からあごまで一刀に斬りさげる。だが、同時に、べつの一騎が、アルスラーンの頭部に白刃《はくじん》をふりおろそうとした。

そのときである。

上空を舞っていた風の一部が、黒いかたまりとなって落下してきた。

アルスラーンの目の前で、敵兵の顔に鷹の影がかさなった。絶叫がおこった。敵兵は、するどいくちばしとつめで切りさかれた顔から血をほとばしらせ、鞍上《あんじょう》にのけぞった。

ダリューンの長剣が、その胴をはらって、鷹のたてた手柄にしあげをした。

「告死天使《アズライール》！」

アルスラーンが叫ぶと、王子を救った鷹は、小さくするどい弧を宙にえがいて、まいおりてきた。王子のさしだした左腕につかまり、甘えるように、ひとこえ鳴く。

「告死天使《アズライール》！　ああ、ひさしぶりだな。告命天使《スルーシ》はどうした、お前の兄弟は元気か？」

この鷹を、アルスラーンはひな鳥のころから知っていた。そして、この鷹に、たのもしい主人がいることも。

「みんな、キシュワードがそばにいる。援軍をつれてきてくれるぞ！」

その叫びが、敵兵を動揺させ、味方をはげました効果は、おおきなものであった。右に左に敵兵をなぎはらい、血煙をたてながら、ナルサスは感心した。この王子は、どうして、どうして兵の士気というものをこころえている！

わっ、と、敵兵の叫びがおこった。

尾根の上に、黒い騎馬の影がわきだしたのだ。それは何千という数であった。

ザンデがうなった。彼の左右で、部下たちがつぎつぎと馬首をめぐらした。逃げるな、とどなっても、とまるものではない。

「王太子殿下を、守りまいらせよ！　全軍突撃《ヤシャスィーン》！」

キシュワードが双刀をかざして指令する。

「ヤシャスィーン！」

五千の騎兵が唱和し、キシュワードにつづいて急坂をかけくだった。

この五千騎は、先日のシンドゥラ軍との戦いでは、ペシャワールの城塞で留守をまもっていた組である。先日の戦いに参加できなかった、その不満をはらすかのように、逃げる敵に追いすがり、けちらし、斬りたて、つきくずしていく。

形勢は一変した。

あわて、くやしがり、歯がみしつつ、ザンデは馬をとばして、こんどはほんとうに逃げだした。それを見たダリューンが、鍔《つば》もとまで血に染まった剣を片手に、黒馬を走らせる。

だが、それよりはやく、

「その敵、おれがもらった！」

ギーヴが、これも血ぬれた剣をかざして、横あいからつきかかった。

ザンデの左頬から、鮮血がはねあがった。

馬上でよろめいたものの、ザンデは手綱をつかんで落馬をこらえた。大剣のひとふりでギーヴの第二撃をうちはらって、逃げさっていく。

「なかなか、しぶとい」

ギーヴが皮肉っぽくほめると、ダリューンが長剣の血をふりつつ苦笑した。

「たしかにな、あやつは不死身だ」

アルスラーンのそばに、一騎が近づいた。

「おお、まことにアルスラーン殿下……」

キシュワードが甲冑《かっちゅう》を鳴らして馬からとびおり、大地にひざまずいた。

「ようこそご無事で、このような辺境の地へおいでくださいました。ペシャワール城にある騎兵二万、歩兵六万、あげて殿下に忠誠をちかわせていただきますぞ」

周囲の乱戦は、すでに掃討戦の最終段階にうつっている。アルスラーンは、六人の部下――というより同行者が、全員無事であることを確認して、安心した。馬をとびおり、キシュワードの手をとって立たせる。

「ひさしぶりだ、キシュワード。告死天使《アズライール》が助けてくれたので、おぬしも近くにいるとわかった。ほんとうに、よく来てくれた」

キシュワードは深く一礼し、アルスラーンの左右の部下を見て、なつかしそうな表情をした。ダリューン、ナルサスの両人とは、多少の面識があったのだ。

こうして、ようやくアルスラーン一行は目的の地についたのである。

III

赤い砂岩の城壁が、高く、厚く、そびえたっている。ペシャワールの城塞は、どこまでもパルスの武威《ぶい》をしめすための建造物であった。よけいな装飾は何ひとつない。城門の扉も、厚い樫板《かしいた》を四枚かさねて鉄板をはり、しかもそれが二重になっている。東の城壁の下には、深い濠《ほり》もめぐらしてある。この方角が、国境に面しているからだ。

キシュワードと、彼の部下たちに守られて、アルスラーン一行は、この城にはいった。石畳をしきつめた広場で、馬からおり、玄関にまねきいれられる。キシュワードが一礼して、

「さて、いまひとりの万騎長《マルズバーン》が、殿下におめどおりをのぞんでおります」

アルスラーンの視線の先に、バフマンの姿があった。

自分の記憶にあった姿より、いちだんと老けこんだようなようすが、アルスラーンは気になった。

「これは……王太子殿下」

歴戦《れきせん》の老将の表情も声も、礼儀の下に何か複雑なものをひそめている。アルスラーンの

周囲の戦士《マルダーン》たちが、ひそかに視線をかわしあった。だが、アルスラーンの眼力では、まだそれを見ぬくことができなかった。老齢のせいで動作がぎごちないのだろう、と、かえって同情した。ご苦労、とやさしく声をかける。

「どうぞ、殿下、広間へおいでください。かつてアンドラゴラス陛下《へいか》が東方遠征のおり、お使いになった椅子がございますれば、それにおすわりくださいますよう」

キシュワードがそうすすめた。

王子を広間に案内するとともに、キシュワードはほとんど一歩ごとに指示を発して、随行者たちの部屋をわりあてたり、祝宴の準備をいいつけたりした。

七人は、ここで、四つの部屋にわけられた。アルスラーン、ダリューンとギーヴ、ナルサスとエラム、ファランギースとアルフリード、という組みあわせである。アルスラーンの寝室は、かつてアンドラゴラス王が宿泊した部屋で、この城塞でもっとも豪華な調度をそろえ、石づくりのテラスもついていた。他の三室は、その部屋の左右と向かいがわをしめている。キシュワードの細心な配慮がうかがえる部屋わりであった。

いっぽう、バフマンである。

「知らねばよかった。知るべきではなかった。もし何もかも知らずにいられたら、あの聡明そうな王子に、永遠の忠誠をちかうことができたであろうに……」

そうつぶやきながら、薄暗い広間を歩きまわる万騎長《マルズバーン》の姿を、部下の幾人かが、とまどいつつながめていた。

頬の傷から流れる血をぬぐおうともせず、ザンデは、ことのしだいを主君に報告し、何度めかの謝罪をした。

「ヒルメス殿下、やつらめ、まんまとペシャワールの城へ逃げこんでしまいました。不手際をおわびしようもございませぬ」

「あやまることはない。あやまったところで、ペシャワールの城からやつらが出てくるわけでもなかろう」

ヒルメスの声はにがい。

彼自身が指揮をとっていれば、いますこし、何とかなったのではないか、と思う。ザンデを無能とは思わないが、不本意であった。

ナルサスのために落馬したとき、うけた打撲《だぼく》は意外に尾をひいた。とくに左手首をひねったらしく、ふたたび馬に乗れるようになったのは、この日の朝になってからであった。

「ナルサスのへぼ画家め。おれにぶざまな落馬をさせたばかりか、アンドラゴラスの小せがれめを、おれより器が上とぬかしおったのだ。小せがれのつぎに、むごたらしく殺してやるぞ」

その決心をこめて、ヒルメスは左手首をふった。もう痛みはなかった。

とうとう、アルスラーン一行を、ペシャワールの城にいれてしまった。だが、すべてが終わったわけではない。いくらでも、失地を回復する機会はあるはずだった。あの猛火のなかからさえ、生をえた自分ではなかったか。


「旅の楽士」と自称するギーヴは、入浴して身体を清潔にしたあと、部屋のテーブルで葡萄酒《ナビード》を飲み、胡桃《くるみ》とオリーブの実をつまんだ。昨夜までとちがう、安楽な夜をむかえるはずだったが、何となくおもしろくない気分なのだ。

「わりにあわんなあ」

と、ギーヴは思う。

ダリューンはこの数日、ずっとファランギースと同行していた。ナルサスも、なかなかに美しい少女といっしょだった。いい目を見ていないのは、ギーヴだけである。

「ファランギースどのに言いよるほど、おれは度胸がよくはないよ」

と、ダリューンは言うし、ナルサスも、「何もない、何もなかった」と主張する。その種のことで、口をぬぐっていられる男たちではないから、事実、何もなかったのであろう。だが、それはそれで度しがたい話である。こういうやつらが、せっかくの好機を浪費したか、と思うと、ギーヴとしては、べつの意味でおもしろくない。だが、まあ、楽しみは先にのばしたがよいし、ギーヴにもこれからさき、いくらでも彼らに先んじる機会はあるだろう。何かを追いかけ、もとめるのが、人生のおもしろさというものだ。

ナルサスは、隠者となってバシュル山にひきこもるまでは、宮廷人として、多少は浮名を流したことがある。ダリューンも、絹の国《セリカ》に使者としておもむいたとき、かの国の美姫《びき》と恋をしたという。くわしくはギーヴは知らないが、どちらも、恋敵《こいがたき》として不足はないはずであった。

ギーヴと同様、いや、それ以上におもしろくなかったのは、エラムである。

「ナルサスはいないの？」

と、アルフリードが部屋にはいってきたとき、エラムは反発したのだった。

「ナルサスさまに、なれなれしくしないでおくれよ。知りあってから何日もたたないくせして」

アルフリードは、まるでこたえたようすもない。

「つきあいの長さと深さは、べつのものよ。そんなこともわからないの?」

「ナルサスさまの好物を知りもしないくせに」

「あたしの料理を、不平を言わずに食べてくれたわ」

「それはナルサスさまが、おやさしいからさ。お前なんかの料理が、お口にあうわけないだろう」

ゾット族の族長の娘は、細い眉をさかだてた。

「お前とは何さ。言っとくけど、あたしはあんたより年上なのよ。あんたの両親は、年長者に対する礼儀を教えてくれなかったの!?」

「教えてくれたよ。相手をえらんで礼儀を守れって。ナルサスさまには、大望がおありなんだ。じゃまをしたら、ゆるさないからな」

「あんたに、ゆるしてもらう必要はないわよ」

どう考えても、不毛な口げんかをくりひろげた末、アルフリードはナルサスたちの部屋をとび出した。彼女は彼女なりに、気まずい思いだった。ナルサスの仲間たちと、ほんとうはけんかなどしたくなかった。エラムにいろいろと教えてもらいたかったのに。

アルフリードが部屋へもどると、入浴をすませて服装をととのえたファランギースが、カーペットの上で剣をみがいていた。一瞬、その美しさにみとれたアルフリードが、そばにすわると、女神官《カーヒーナ》の緑色の瞳が少女を見た。

「おぬし、ナルサス卿《きょう》を好いておるのか？」

笑みをふくんで問いかける。

ファランギースの美貌《びぼう》に、アルフリードは気《け》おされている。ゾット族の族長の娘も、充分に美しいのだが、ファランギースにくらべれば、まだ、その美しさの深みと厚みが、とうていおよばないのはあきらかだった。

「……だったらいけないのかい？」

反抗しようとして、しきれない口調に、ファランギースはほほえんだ。

「もしナルサス卿を好いておるなら、彼のさまたげにならぬようすることじゃ。あの御仁は、いまのところ、ひとりの女よりも、一国を興《おこ》すことに夢中になっている。しばらくは、見まもってやってもよかろう？」

アルフリードは、美しい女神官《カーヒーナ》の正しさをみとめたが、すなおに説得されるのはしゃくだった。

「国を興すなんて、意味のないことだよ。あたらしい貴族と奴隷ができるだけさ。ナルサスほど頭のいい人が、そんなことに気づかないなんてね」

　少女の気の強さと聡明さが、美しい女神官《カーヒーナ》をもう一度ほほえませた。

「そうかもしれぬ。だが、おぬしのナルサスなら、それを克服するような道を見つけるかもしれぬぞ」

「………」

「そういう男だと思えばこそ、彼を好きになったのではないのかな」

「わかったよ」

　アルフリードは答え、多少のいまいましさと敗北感をこめて相手をながめた。

「でも、あんたもずいぶんとおせっかいだね。どうしてそう口をはさむのさ」

「気にさわったら、ゆるしてほしい。たしかに、おせっかいだとわかってはいるのだが、わたしにも経験があることなので、他人《ひと》ごととは思えなくてな」

　ファランギースの表情を見て、アルフリードは、くどく質問するのをやめた。美しい女神官《カーヒーナ》は、長い髪をゆらせながら、剣をみがきつづけている。

「告死天使《アズライール》」が、きげんよく鳴いた。旧知の少年――王太子アルスラーンが、わざわざ肉を持ってきてくれたのだ。生命を助けてくれたお礼だと言って。

「キシュワード、もう一羽のほうはどうした？　告死天使《アズライール》と告命天使《スルーシ》は、いつもいっしょだったのに」

「そのことでございます」

キシュワードの声が、やや重い。

「この二羽をつけて、信頼できる部下を王都へ潜入させ、ようすをさぐらせておりました。黒人奴隷《ザンジ》であった男ですが、忠実で心きくので、自由民《アーザート》にしてやったのです。よくはたらいてくれましたが、どうも敵の手にかかったらしゅうございます。ここ数日、連絡がございませぬ」

「告命天使《スルーシ》も？」

「おそらく……」

キシュワードは表情をくもらせ、告死天使《アズライール》の頭をかるくなでた。鷹は、肉をついばみつつ、心地よさそうに羽を小さく動かした。

「告死天使《アズライール》にくらべれば、告命天使《スルーシ》は、いまひとつできのわるい兄弟でしたな。ですが、たがいに仲はよかったし、私も、二羽を区別なく好いておりました。私の心配が、とんだまとはずれであってほしいと思います」

アルスラーンはうなずいた。何年か前、西方国境から王都へ、戦勝の報告へきたキシュワードが、二羽のひな鳥をつれていた。それを目にとめて、アルスラーンは一羽をほしがったのだが、兄弟をわかれわかれにするのはよくない、と考えなおしたのだった……。

アルスラーンは、話題をかえた。ずいぶんと先走った話ではあるが、自分が国政をあずかるようになったら、奴隷制《ゴラーム》を廃止したい、という意思を、キシュワードにつたえたのである。

「奴隷を解放するとおっしゃいますか？」

キシュワードは目をみはった。

アルスラーンは大きくうなずいた。諸侯《シャフルダーラーン》ホディールの城から脱出して、山中の逃避行をつづけている間、王子は考えつづけていたのだ。ナルサスの言うことは正しい。一時の感情だけで、一部の奴隷だけを解放しても、何にもならない。だが、きちんと計画をたて、時間をかけてさまざまな条件をととのえ、国をあげてそれをおこなえば、すべての奴隷を解放することができるのではないだろうか。

キシュワードは、思案する表情で、告死天使《アズライール》が肉をついばむ姿をながめやった。

「ナルサス卿の申したことも、殿下のご決心も、りっぱです。私個人としては、異存がありません。ですが、あえてそのようなことをなされば、おそらく諸侯《シャフルダーラーン》の大半は、殿下のお味方にはなりませんぞ」

「ナルサスにも、そう言われた」

アルスラーンは笑った。年齢のわりに、ほろにがい感情が、ととのった顔にうかんだ。

「だけど、ルシタニア人を追いはらって、パルスはまったくもとどおり、というわけにはいかないと思う。前よりもこの国がよくなるのでなくては、戦う意味もない」

「なるほど。ですが、そのようなお考えに対して、父王陛下がどうおっしゃいますか。アンドラゴラス王が、いままで、奴隷《ゴラーム》制度の廃止をこころざされたとは、聞いたことがございませぬ」

「もし私が父上を助けてさしあげれば、それだけ私の発言力が強くなると思う。きっと、私の申しあげることを聞いてくださるだろう」

自分自身に言いきかせるような、それは口調だった。

Ⅳ

ダリューン、ナルサス、ギーヴ、ファランギースの四人は、ならんで、石づくりの廊下を歩いていた。今後の、ルシタニア軍に対する作戦をねるために、バフマンの部屋へまねかれたのである。

「老バフマンの態度、どうも気になる」

歩きながらダリューンが腕をくんだ。

「おれの伯父といい、この国のおとしよりたちは、若い者に隠しごとをするのが好きでならぬらしい。正直なところ、あまり愉快ではないな」

「裏ぎるつもりかな」

それならおれが斬ってすてる、と言いたげに、ギーヴが、紺色の目を光らせると、ファランギースが、長い髪ごとかぶりをふった。

「そう直線的に行動できるくらいなら、老バフマンもなやみはすまい。どうしてよいものやら、自分でわからなくなっているのじゃ。にしても、バフマンほどの宿将《しゅくしょう》が、どうしていまさら動揺しているのか、それが腑《ふ》におちぬ」

ファランギースだけでなく、ダリューンもギーヴも、ナルサスに視線を集中させた。ナルサスは、ひとりで何か考えこんでおり、ついに意見をのべようとしなかった。

バフマンの部屋には、キシュワードもきていた。話しあいは、ほとんど実りをもたらさなかった。若者たちの積極論に対して、バフマンは、はなはだ気力にかけたのである。

「あわてたところで、益はない。国王《シャーオ》陛下のご安否さえ、まだ判明せぬ。すくなくとも、今年のうちに兵を動かすのには、わしは反対じゃ。国内の諸勢力がどう動くか、それを見きわめてからにしたほうがよい」

ダリューンの眉間《みけん》に、いなずまに似たものが走った。黒い甲冑を鳴らして、長身ごとバフマンにむきなおる。

「アルスラーン殿下を陣頭にたてて、パルスの王権を回復させるのは当然のこと。われらがそれをおこなってこそ、国内の諸勢力も動きはじめるのではござらぬか。バフマンどのには、何ゆえ、それをおためらいある？　慎重と申すより、やる気がないとしか思えぬが」

「ダリューン、もうよしたがいい」

ナルサスが、友を制した。これは、この会議における、ナルサスのはじめての発言であった。バフマンにむけた彼の瞳は、好意的ではなかった。

「ゴタルゼス大王の御世《みよ》より、戦場にあって一度たりとも敵におくれをとったことなきバフマンどのなれど、老いとはむごいもの。すでに義俠《ぎきよう》の心もすりへり、ただ安楽に老後を送れればよいとのお考えだろう。期待したわれらがまちがっていたのだ」

てきびしくきめつけられて、老武人の顔が、つよい酒を飲んだように紅潮《こうちよう》した。

「何を言うか！　くちばしの黄色いひな鳥めが」

バフマンの声が、はじめて激した。つづけて何か言おうとして、老武人はにわかに口をとざした。あらあらしく立ちあがると、背をむけて、自分の部屋から出ていってしまった。遠騎《とおの》りに出てくる、と言いのこして。

これでは作戦の話しあいも、具体論にふれぬまま、終わりである。

「……怒っただけか」

苦笑してダリューンがつぶやいたのは、ナルサスがあえて老戦士を挑発した理由が、わかっていたからである。怒らせて本心を言わせようとしたのだが、どうやらあと一歩で、バフマンは自制してしまったようであった。

「いや、あの老人、もっとくえぬ。怒ったふりをして座をはずし、追及されるのをさけたのだ」

ナルサスはそう答えた。

バフマンが気にやんでいる故ヴァフリーズからの手紙について、キシュワードが、ダリューンにつげたのは、このときである。

「伯父が手紙を!?」

ダリューンは眉をはねあげた。キシュワードはうなずいた。

「アトロパテネ会戦の直前に、バフマンどののもとに、それがとどけられた。おれが知っているのはそこまでで、内容のほうは見当もつかぬが、バフマンどのが何やら屈託して、まるで切れあじがなくなってしまったのは、それからのことでな。よほどの内容であったのだろう」

ダリューンは、精悍《せいかん》そうな表情をくもらせた。思えば、会戦の直前、彼も伯父に奇妙なちかいをたてさせられたのだ。どんなことがあっても、アルスラーン王子個人に忠誠をつくせ、と。伯父は何を知っていたのか。そして古い戦友に何をつたえたのであろうか……。

「ナルサス卿にも見当はつかぬか」

美しい女神官《カーヒーナ》がたずねた。

「それがわかれば苦労はせぬよ、ファランギースどの。おれは千里眼ではない」

そうナルサスは答え、自分もにがい表情で考えこんだ。ギーヴはだまって、やや愉快そうに一同を見まわしている。


城を出たバフマンは、ひとり馬を駆って、岩山と疎林《そりん》の間を走りまわった。青二才《あおにさい》どもに、わしの苦渋《くじゅう》がわかってたまるか。バフマンは胸のなかで叫んだ。苦労しらずの青二才どもが、王太子を擁《よう》したと思って、すきほうだいなことを言いちらしおる。だが、真相を知ったらどう思うことやら……。

ふと、ひとつの岩かげで、人馬の気配が動いた。老練《ろうれん》の万騎長《マルズバーン》はそれを見のがさなかった。

「何者か！」

バフマンは一喝した。

五十年近い月日を、戦場ですごした老武人である。声は力強く、聞く者の腹にずしりとこたえた。

返答はない。薄闇《うすやみ》が風にのって、年おいた万騎長《マルズバーン》の周囲を流れた。

バフマンは腰の剣をぬきはなった。けっしてすばやい動作ではないが、まったく隙がない。きたえあげられた武人の動作である。

この数十日、屈託をつづけてきた自分自身を斬ってすてたいほどの気分であった。さらにバフマンは威圧《いあつ》にみちた声を投げつけた。

「出てまいれ。パルスの万騎長《マルズバーン》バフマンが、痴《し》れ者にふさわしい最期をあたえてくれるわ」

「……バフマンだと？」

薄闇がゆれて、巨大な岩のかげから、一騎の騎士が姿をあらわした。バフマンは息をのんだ。薄闇にうかびあがった銀色の仮面が、豪胆《ごうたん》な老武人に、気味わるさを感じさせたのだ。

「ふむ、たしかに見おぼえがあるぞ、その面《つら》には」

銀仮面からもれる声は、傲慢《ごうまん》さと同時に、奇妙ななつかしさのひびきがあった。それを察知して、バフマンは、ややとまどった。

「わしは、きさまのような人妖《ばけもの》と、面識などないわ」

「無礼な言いようだが、旧知に免じて、一度だけはゆるしてやろう。十六年前を思いだせ、というのはむりか。もうろくして、過去のことなど、つごうよく忘れてしまったかな」

相手のことばの奇怪さに、バフマンは灰色の眉をひそめた。

「アンドラゴラスの腹心であったヴァフリーズめは、生かしておけなかった。だが、きさまには、平和な老後をあたえてやってもよい。何といっても、きさまはおれに剣と弓を教えてくれた師のひとりだからな」

一瞬の間をおいて、バフマンの、灰色の眉がおおきく動いた。やはり灰色のひげのなかから、あえぐような声がもれた。

「も、もしや、あなたさまは……」

「ほう、思いだしたか。まだ、それほど、もうろくしてはおらぬようだな」

「あなたさまは……まさか……」

老戦士はふるえだした。

「バフマンどの！」

するどい呼声と、馬蹄のひびきがおこって夕闇の奥からキシュワードのひきいる十数人の騎馬集団が姿をわきあがらせた。

ヒルメスは無言で馬首をひるがえした。バフマンがとめる間もなく、あざやかな手綱さばきで駆けさっていく。一度だけバフマンのほうをふりむき、銀仮面を光らせて、うなずいたように見えた。後を追おうとするキシュワードに、バフマンがあわてて声をかけた。

「いや、キシュワードどの、追う必要はない。追うてはならぬ」

「それはなぜでござる、バフマンどの。われらを見て逃げるところを見ると、王太子殿下に敵対する者にちがいござらぬぞ」

手綱をひいて、キシュワードが質《ただ》したのは当然であったが、バフマンは、自分の考えたことをそのまま口にすることはできなかった。くるしい弁解をする。

「いや、わしが思うに、あの仮面の男は、おとりにちがいない」

「おとり？」

「そうじゃよ。おぬしとわしが、兵をひきいてやつを追う。ペシャワール城は、空になってしまう。むろん、すぐに陥落《かんらく》させられるはずもないが、城を包囲されれば、わしらは帰るところがなくなってしまうぞ」

「……なるほど」

キシュワードはうなずいたが、その眼光には不満と疑惑がちらついていた。いや、バフマン自身が、キシュワードに対して隠しごとをしているという、うしろめたさがあるため、そう思えたのかもしれない。

「城にはアルスラーン殿下がおられる。アンドラゴラス王より城の守りを命じられたわれらが、留守をおろそかにするわけにいかぬ、そうであろう、キシュワードどの？」

馬を走らせて城へもどっていくバフマンの後姿《うしろすがた》を、キシュワードは、薄闇をすかしてながめやり、舌うちをひとつすると、自分も馬を走らせはじめた。部下たちがそれにつづいた。

じつは、キシュワードは、バフマンのようすを知るために、後を追って城を出てきたのである。バフマンが王太子アルスラーンの敵と通謀《つうぼう》している、とまでは思わなかったキシュワードだが、疑惑はこの時刻の闇のように、深さと暗さをましていった。

ペシャワールの城にしのびこむ。

ヒルメスをそう決意させた理由のひとつは、さきほどあった万騎長《マルズバーン》バフマンの反応であった。

あの老将は、ナルサスとはちがう。王家の血、王位の正統性に対して、敬意をはらう道を知っている。彼と、彼のひきいる一万騎が、ヒルメスの味方になれば、ルシタニア軍をほろぼして国土を回復する日は、ずっとはやまるであろう。

ヒルメスがひとりでペシャワールの城塞にしのびこむつもりだ、と言ったとき、ザンデは反対した。

「おことばですが、殿下、それはあまりに危険がすぎましょう。あの城はいまやアルスラーン一党の巣窟《そうくつ》でございますぞ」

ザンデが反対するのはもっともだが、慎重論はこの猛気にみちた若者には似あわない。

「危険を克服する価値があると思うからこそ、やるのだ。もう決めたことだ、何も言うな」

「では、ぜひ私めもおつれください。殿下をお守りせねば父の霊《れい》に申しわけがたちませぬ」

「いや、おぬしは城外で待っておれ。兵を指揮する者がいなくてはこまるし、いざとなれば、城の内外で呼応して、いっきょに城を手にいれることもできよう」

ヒルメスはそう信じているわけではない。ザンデを城外にとどめるための方便である。

ザンデが、このような行動にふさわしい人物だとは思えなかった。頭ごなしに命令しないのは、ヒルメスの、ザンデというよりザンデの亡父カーラーンに対する心づかいであった。

V

キシュワードの部屋は、青銅のランプが発する光を受けて、あわいオレンジ色につつまれている。カーペットの上に、アルスラーン、ダリューン、ナルサス、ギーヴ、ファランギース、そしてキシュワードの六人がすわり、東方国境一帯の地図をひろげて話しあっていた。王都に攻めのぼるとして、やっかいなシンドゥラ国の軍をどうするか。その話しあいである。彼らは、老いて傷ついた水牛のようにあつかいにくいバフマンをはずして、話しあっているのだった。

いまシンドゥラ王国は、ガーデーヴィ、ラジェンドラ、ふたりの王子の派閥にわかれてあらそっている。その余波が東方国境にもおよんで、先日、キシュワードがシンドゥラ軍と戦うようなことになったのだ。

結局、ふたりの王子のうち、どちらかが完全に勝利をおさめねば、シンドゥラの国内も安定しないし、パルスにとっても東方国境の脅威《きょうい》はのこる。どちらかの王子を助けて恩を売り、後方のうれいをなくすべきではないのか。キシュワードのさぐったところでは、ラジェンドラ王子のほうが劣勢だというのだが……。アルスラーンが、ナルサスに意見をもとめた。

ナルサスの返答は明快だった。

「強い者を助けても無意味です。弱い者を助け、強い者を倒させてこそ、恩を売ることができましょう」

「では、ラジェンドラ王子を助けるべきだ、と、ナルサスは言うのだな」

「まず基本的には。ですが、できればラジェンドラ王子の為人《ひととなり》を、いますこし知ってからにしたいものです」

ナルサスがキシュワードを見やった。

ラジェンドラが、恩を恩として感じるような人物であれば、いうことはない。だが、もし彼が恩を重荷に感じるような人物であったら、いずれ彼は約束も信義もふみにじって、パルスに侵入するだろう。さらに、彼が奸雄《かんゆう》とでもよぶ種類の、悪《あく》どくて欲心のつよい人物であったら、彼を助けてくれたパルス軍が、安心して背をむけたすきに、後ろからおそいかかるかもしれない。

その点について、キシュワードは、他のだれよりもくわしい知識をもっているはずであった。

彼が先日、シンドゥラ軍の兵士からきいたところでは、ラジェンドラ王子は、野心もあれば欲もあり、信頼できるような人がらではないという。ラジェンドラと対立する陣営の者の証言であるから、多少はわりびいて考えてみるべきであろう。しかし、ラジェンドラはもともと王位継承権の順位で、ガーデーヴィより下にある。それなのに、王位をめぐってあえてあらそっているというのは、やはり野心家であるという証拠であろう。

「では、ラジェンドラ王子を助けても意味はないな」

「いや、やはりラジェンドラ王子を助けるほうがよろしいかと存じます」

ナルサスはそう言い、一同を見わたしながら、理由を説明した。

「わが軍が背をむけたとたんに、ラジェンドラがおそいかかってくる。そういうとき、ラジェンドラは、わが軍が安心しきっているものと思いこみ、勝利は自分のものと信じきっているでしょう。その油断を、わが軍は利用すべきです」

「ふむ……」

「どうせ、ガーデーヴィ王子が勝っても、国境地帯に対して野心をもち、侵入してくるでしょう。それなら、ラジェンドラに勝たせたほうがましです。ラジェンドラが勝っても、すぐには国内は統一できません。一度われらの背後から急襲して、敗北すれば、以後しばらくは国内の統一に目をむけるでしょう」

「なるほど、その間にわれわれは、後方のうれいなく王都へ軍をすすめることができるわけだな」

ダリューンが合点し、他の三人も賛同した。だが、キシュワードには不安がある。バフマンがあのとおり頼りにならないとすると、最悪の場合、キシュワードは、自分の部下一万騎しか動かせない。これだけの兵力で、シンドゥラ軍とルシタニア軍と、東西の強敵に対抗できるであろうか。

アルスラーンがナルサスを見やると、ナルサスは、笑いもせず、指で自分の頭をつついてみせた。

「ご心配なく。ここにもう十万ばかり、兵がおりますゆえ」

VI

いちおう会議がすんだ後、アルスラーンは、寝室へ直行せず、城壁の上へ通じる廊下を歩きだした。ダリューンやファランギースが護衛しようとするのを、かぶりをふってことわる。

「ひとりにしておいてくれ、この城のなかで危険なことがあるはずもないから。すこし夜の空気をすってみたいのだ」

そう言われると、ひきさがるしかなかった。

東の城壁の上に出ると、アルスラーンはかるくのびをした。星々の硬質な光が、音もなく王子にふりそそいで、青い紗《しゃ》のカーテンで彼をつつみこんだように見えた。

寒いが、心地よい夜だった。ひとつには、何夜もつづいた逃走生活から解放されたこともあるだろう。入浴もしたし、きちんとした食事もすませた。寝るときには、草や地面でなく、広いりっぱな寝台が用意されている。今日の夕方までとは、たいへんなちがいだ。

むろん、安楽な生活が待っているわけではなかった。明日から本格的な戦いの日々がはじまるだろう。ルシタニア軍を追いはらって、王都エクバターナを回復しなくてはならない。父アンドラゴラスと母タハミーネを救出し、パルスの全国土をとりかえさなくてはならない。十四歳の少年には、身にあまる大事業である。

だが、彼には、もったいないほど有能で忠実な部下たちがいた。彼らが力を貸してくれる。きっと、アルスラーンに、王太子としての義務をはたさせてくれるだろう。

それにしても、自分ながら奇妙な運命だと思う。おさないころは、自分が王子であることすら知らなかった。宮廷でくらすようになって二年、いま自分は王都をはなれてこんな辺境の城塞にいる……。

ふいに王子は全身に緊張をはしらせた。近くで、甲冑のひびきがきこえたのだ。

「そこにいるのは誰だ？」

自分の声が、他人のもののように聞こえた。

夜気がゆれて、王子の顔をうった。

アルスラーンは息をとめた。城壁のかげから、人影があらわれた。

ダリューンやキシュワードに匹敵する、均整《きんせい》のとれたみごとな長身。そして何よりも、頭部をつつむ銀色の仮面が、アルスラーンを威圧《いあつ》した。

「そうか、きさまがアンドラゴラスの小せがれか……」

うわさに聞く銀仮面の男と、アルスラーンは、はじめて相対したのだった。ダリューンやナルサスと互角にわたりあったという、おそるべき剣技の持ちぬし。

「きさまがアンドラゴラスの小せがれか」

くりかえす声に、血を渇望《かつぼう》するひびきがあった。アルスラーンの全身を、異様な戦慄《せんりつ》が走りぬけた。

「……アンドラゴラスの子、パルスの王太子アルスラーンだ。そちらも名のれ」

「王太子だと!?　僭称《せんしょう》するものよな。きさまは薄ぎたない簒奪者のうみおとした、みじめな犬ころにすぎぬ身ではないか」

銀仮面の両眼に毒炎《どくえん》がもえあがり、それがアルスラーンにむかって音もなく吹きつけてきた。

ヒルメスは、激情が全身を内がわからひたしていくのを自覚していた。神々が自分に味方したのでなくて、何であろう。いま、アンドラゴラスの息子が、彼の目前にいる。しかも、勇猛な部下もつれず、ただひとりで！

そうと知ったとき、ヒルメスは、隠れていることができず、むしろ自分から相手に存在を知らせたのだ。バフマンとちがい、アルスラーンにはまだ、気配をころした敵を発見することはできないのだった。

ヒルメスは長剣の柄《つか》に手をかけた。

「すぐは殺さぬ。十六年の辛苦《しんく》、一撃でかたづけるわけにはいかぬ。まず、小せがれよ、きさまの右手首を斬りおとしてくれよう」

「………」

「このつぎ会ったときは、左手首をもらう。それでなお生きていたら、右の足首でもちょうだいするとしようか」

長剣の鞘《さや》ばしる音は、死の威嚇《いかく》にみちていた。アルスラーンも抜刀《ばっとう》したが、その音は獅子《シール》の歯ぎしりに対する野うさぎの悲鳴でしかなかった。

「アンドラゴラスの子として生をうけたが、きさまの罪だ。父をうらめ！」

銀仮面の斬撃は、アルスラーンの予想していたところにきた。アルスラーンはふせいだ。だが、完全にふせぐには、ほどとおかった。力といい技といい、アルスラーンが五十人あつまっても、ヒルメスに対抗できるものではなかった。

剣が夜空へはねとび、アルスラーンの身体はすさまじい衝撃をうけて、後方へふっとんだ。背中から、望楼《ぼうろう》の壁にたたきつけられて呼吸がとまる。苦痛と恐怖に視界がかすみ、銀仮面のせまる姿がうつった。武器を必死にもとめる手が、何かにかかった。城壁上をてらすため、壁にたいまつがかけられている。それにアルスラーンの右手がふれていた。

銀仮面が長剣をふりかぶった。

「思い知れ！　アンドラゴラスの小せがれ！」

第二の斬撃は、予告どおり、アルスラーンの右手首をたたき斬るはずだった。だが、その半瞬前だった。アルスラーンの右手が壁のたいまつをつかみ、夢中で前方へつきだしたのは。

銀仮面がたいまつと衝突して火の粉《こ》をふりまいた。その表面がたいまつの光を反射して、満月のようにかがやく。叫び声があがった。銀仮面はよろめき、石畳をふみならして後退した。

呆然《ぼうぜん》としたのは、むしろアルスラーンのほうである。たいまつを眼前につきつけられたとたん、銀仮面ほど強大で威圧的な敵が、たじろいだのだ。

呼吸をととのえ、背中や腰の痛みにたえながら、アルスラーンは立ちあがった。両手でたいまつをつかんだまま。対照的に、銀仮面は肩で呼吸している。

「小せがれ……」

うめき声は、極彩色《ごくさいしき》の憎悪にまみれていた。十六年前の恐怖、火に対する恐怖を、ヒルメスは完全に克服したと思いこんでいた。そうではなかったのだ。小せがれの前で、その姿を見せてしまったとは、何という屈辱《くつじょく》であろう。

この男は火を恐れている！

アルスラーンは両手でたいまつをつかみ、それを銀仮面につきだしたまま、じりじりと前進した。ヒルメスはうめいた。うめきつつ、心ならずも後退した。自分のうちにひそむ脆弱《ぜいじゃく》さをののしりつつ、火をおそれて後退していった。

そこへ、石畳をけりつける足音がした。アルスラーンの安否をたしかめる叫びがして、ふたりの視界に人影が乱入してきた。

「こいつか！」

銀仮面の姿を確認する声も、むろんひとつではなかった。

左にダリューンとギーヴ。右にファランギースとキシュワード。四人の戦士《マルダーン》が五本の剣をぬきつれて、銀仮面の周囲に白刃の壁をきずいた。

弱敵はひとりもいない。銀仮面の奥で、ヒルメスの歯ぎしりがおこって消えた。アルスラーンを斬るどころか、ヒルメスこそが、絶体絶命の危地にたたされたのだ。

キシュワードが、他の三人を見わたし、半歩すすみでた。

「この男は、おれにゆずってもらおう。双刀将軍《ターヒール》キシュワードの城を侵す者は、キシュワードの手で討ちはたす」

アルスラーンは、ややおくれてあらわれたナルサスにかばわれながら、十ガズ（約十メートル）ほど離れた壁ぎわにたたずんでいる。その姿に、灼《や》けるような視線を投げつけて、ヒルメスは長剣をかまえなおした。傲然《ごうぜん》たる気迫が、声にこもった。

「四人まとめてかかってくるがいい。でもないかぎり、きさまらごときにおれが倒せるものか」

「虚勢にしても、よくほざいた。その大言壮語《たいげんそうご》に免じて、苦しませずに殺してくれよう」

キシュワードが二本の剣を両手に、すべるような足どりで、ヒルメスにせまった。

他の三人は、逆にさがった。だが、無言のうちに連係して、たくみにヒルメスの脱出路をふさぐ位置にたった。ヒルメスの背後に、城壁上部の胸壁がある。他の方角は、すべて雄敵《ゆうてき》の白刃にふさがれてしまった。

キシュワードの左右両手の剣が、ゆっくりと弧をえがきつつ剣尖《けんさき》をあげはじめる。そのとき、四人の背後からバフマンの声がひびきわたった。

「いかん、その方を殺してはならぬ！」

老バフマンの声は、制止というよりむしろ哀願にちかかった。

「その方を殺せば、パルス王家の正統の血は、たえてしまうぞ！　殺してはならぬ」

四人のかまえた五本の剣は、一瞬、冬の夜がもたらす冷気のなかで、凍《い》てついたように見えた。

ヒルメスが飛んだ。

キシュワードの双刀が、月光をはじいてその影を斬った。ヒルメスの剣が、キシュワードの左手の剣を、音たかくはねとばした。だが、同時に、キシュワードの右手の剣が、ヒルメスの胸甲《きょうこう》に一撃をあたえ、その姿勢をくずしていた。

刃鳴りが連鎖《れんさ》した。着地したヒルメスの剣は、こんどはファランギースのそれと激突し、一転してギーヴの剣と交叉《こうさ》した。めくるめく火花が飛散し、鋼《はがね》の灼けるにおいがたちこめる。

それが消えるよりはやく、力づよくふみこんだダリューンの長剣が、ヒルメスの肩をないだ。いや、正確には、一瞬前までヒルメスの肩があった位置の空間をないでいた。ヒルメスはダリューンのすさまじい斬撃をかわしたが、そのためには自《みずか》ら城壁の外へ身を投げださねばならなかったのだ。

銀仮面の姿は、闇のなかに浮きあがり、落下した。闇の底で水音がひびいた。濠に落ちたのだ。

「逃がしたか……」

城壁の下にわだかまる闇をのぞきこんで、ギーヴが舌うちする。顔をもどしたとき、彼は、他の三人が、バフマンを見つめているのに気づいた。バフマンの叫びは、彼らにとって、とうてい聞きずてにできないものだったのだ。

銀仮面の男を殺せば、パルス王家の正統の血がたえる――そうバフマンは言ったのである。そのことばが、四人の剣から、いつものさえをうばった。それさえなければ、ヒルメスは、四人の包囲から脱出できなかったにちがいない。

このことばを、バフマンが発するには、ふたつの条件がそろっていなくてはならない。

ひとつ。銀仮面が、パルス王家の正統の血をひいていること。

ふたつ。アルスラーン王子が、パルス王家の正統の血をひいていないこと。

この両方の条件をそろえていないかぎり、バフマンの叫びはありえないことであった。

……そのことに、バフマンの叫びと同時に気づいたのは、むろんナルサスであった。だが、他の人々も、ややおくれて、それに気づかざるをえなかった。バフマンは、いったい何を知っており、何をかくしているのか。

「バフマンどの、いまのおっしゃりよう、どういう意味があるのでござる?」

ダリューンの声に、もはや、年長者に対する敬意のひびきはなかった。完全に詰問調《きつもんちょう》である。

いま、四人の戦士は、方向をかえて、バフマンを半包囲するような形で立っていた。いつか城壁上にあがってきたエラムとアルフリードも、目をみはって、この情景を見まもっている。

「バフマンどの!」

今度はキシュワードが声を荒らげた。

そのとき、アルスラーンがすすみでた。

「私も知りたい。どういう意味なのだ、バフマン」

アルスラーンの声には、恐怖と不安にたえるひびきがあった。王子も、老人のことばに、おそろしい意味がふくまれていることをさとったのだ。王子の肩においたナルサスの手に、ふるえがつたわってきた。

ナルサスは、後悔した。バフマンを、この屈託した老武人を、斬っておくべきではなかったか、と思った。バフマンが、こうも致命的なときに致命的なことを口ばしるとまでは、ナルサスも予想できなかったのだ。

「おゆるしくだされ。おゆるしくだされ、殿下。わしは血迷ったことを申しました。自分でもどうしてよいかわからぬのでござる……」

バフマンは、石畳の上に両手と両ひざをついた。彼の灰色の頭を見おろして、アルスラーンは絶句している。彼が絶句している以上、戦士たちも何もいえず、ただ、王子とバフマンを見まもるしかなかった。ナルサスは、自分が無意識のうちに長剣の柄に手をかけているのに気づき、手をはなした。

ひとりの騎士が階段をかけあがってきた。キシュワードにむかって、大声で報告する。

「一大事でございます。たったいま、シンドゥラの軍勢数万、夜の闇に乗じて、国境を突破しつつあるとのこと！」

あたらしい緊張が、ふるいそれをうちやぶった。キシュワードは大きく息をはきだすと、双刀を鞘におさめ、大股《おおまた》に階段へむかった。迎撃《げいげき》の指揮をとらねばならなかった。

アルスラーンは、深いため息をついた。老武人のかたくなさを、いまむりにうちやぶるより、シンドゥラ軍の侵攻をふせぐべきだ、と思った。いや、あるいは、心の奥でアルスラーンは、バフマンの口から真実をきくのがおそろしかったのかもしれない。

「バフマン、いずれそのことはちゃんと話してくれよ」

王子が階段へ走りだすと、それにしたがって、戦士たちも駆け去った。ナルサスが、一瞬、肩ごしにバフマンに視線をはなったが、何も言わない。

彼らが去ったあと、ただひとり、バフマンは城壁にうずくまって呆然としていた。

……パルス暦三二〇年も、あと半月たらずで終わろうとしている。

冬はなお長く、厚い巨大な壁となって、アルスラーンの未来をさえぎろうとするかのようであった。

（パルス王家系図）

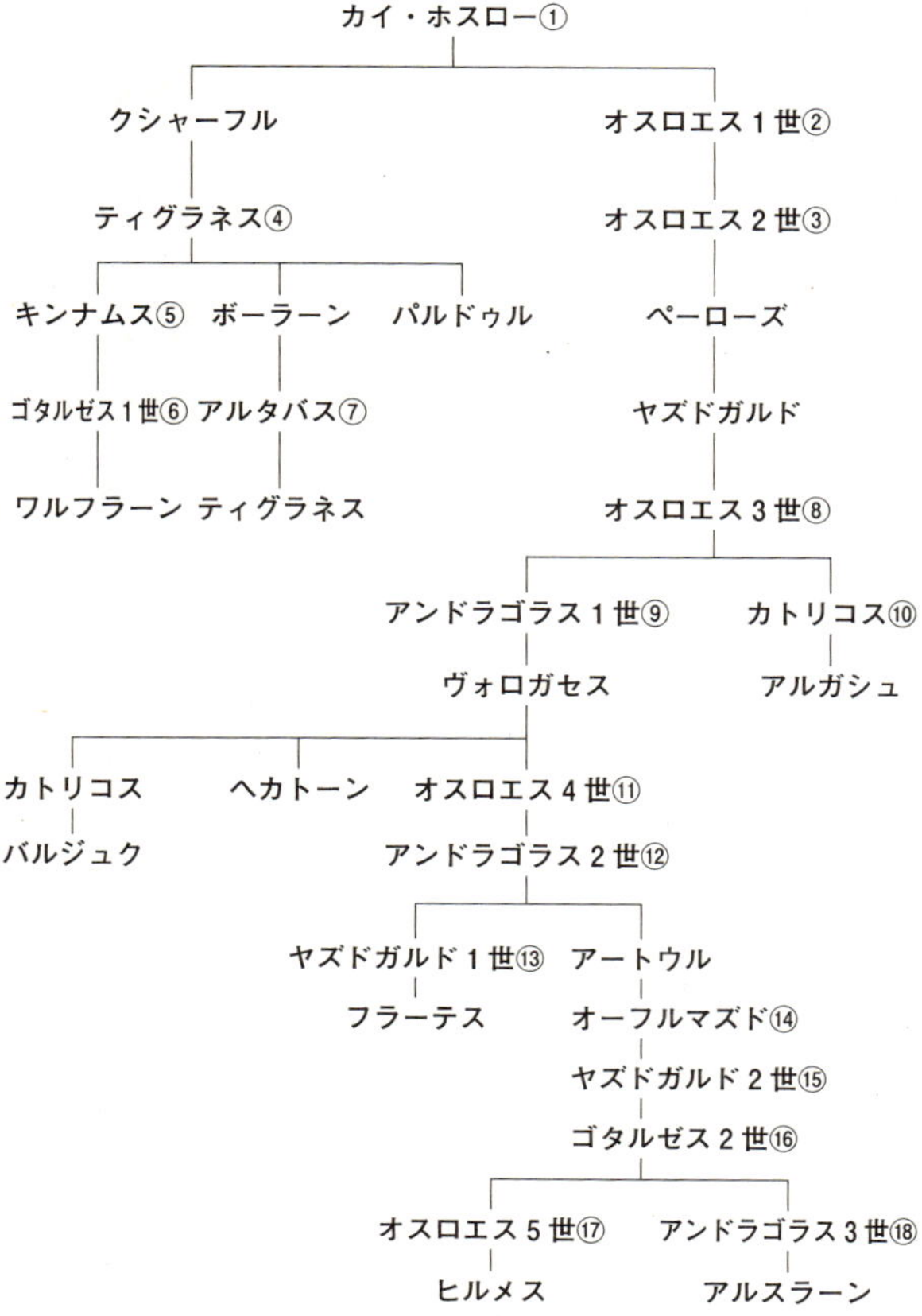
カイ・ホスロー①
クシャーフル
オスロエス1世②
ティグラネス④
オスロエス2世③
キンナムス⑤
ボーラーン
パルドゥル
ペーローズ
ゴタルゼス1世⑥
アルタバス⑦
ヤズドガルド
ワルフラーン
ティグラネス
オスロエス3世⑧
アンドラゴラス1世⑨
カトリコス⑩
ヴォロガセス
アルガシュ
カトリコス
ヘカトーン
オスロエス4世⑪
バルジュク
アンドラゴラス2世⑫
ヤズドガルド1世⑬
アートゥル
フラーテス
オーフルマズド⑭
ヤズドガルド2世⑮
ゴタルゼス2世⑯
オスロエス5世⑰
アンドラゴラス3世⑱
ヒルメス
アルスラーン

解説――『物語を読む楽しみ』

柳《やなぎ》　広司《こうじ》
（小説家）

――田中芳樹氏は異能の人である。

苟《いやしく》も出版業界に身をおく人間で、この命題に異論を唱える者はいないはずだ。

この仕事を始めてすぐ、私は編集者の間で囁かれているある奇妙な噂を耳にした。

田中氏は洋の東西を問わず古典文学への造詣が深く（これは周知の事実）、編集者が何を尋ねてもおよそその場で即答できなかった問いはない。否、古典文学に限らず、昨今のSFから、ミステリー、純文学、歴史文学、さらには漫画、アニメ、ライトノベル、ゲームに至るまで、若い編集者は何かわからないことがあると、深夜、田中氏のもとをこっそりと訪れ、教えを乞うているという。時間は決まって丑三《うしみ》つ時。〝知識の扉〟を開くためには独特のノックの仕方と合い言葉が定められている。その合い言葉とは……。

「面白いこと」が最優先される業界である。

泳ぎ回るうちに、多少オヒレのついた感じがしないではない。

が、いずれにしても、このような都市伝説が生まれ、業界内で囁かれていること自体、田中氏の異能者ぶりを示す証拠であろう。実際、

物語に対する汲めども尽きぬ情熱。

森羅万象への博覧強記ぶり。

恐るべき視野の広さ。

作品を通していま見る田中氏の懐の深さは、とても尋常人とは思えない。

だが、しかし、である。

田中氏に関する限り、真に恐るべきはそのことではない。

私は氏の作品に接すると、いつも故井上ひさし氏の有名な言葉が頭に浮かぶ。

むずかしいことをやさしく。やさしいことをふかく。

ふかいことをおもしろく。おもしろいことをまじめに。

まじめなことをゆかいに。ゆかいなことをいっそうゆかいに。

〝物語に対する汲めども尽きぬ情熱〟、〝森羅万象への博覧強記ぶり〟、〝恐るべき視野の広さ〟。それらをかねそなえた上でなお、少しもエラぶることなく、少年少女から大人まで

が読んで楽しい物語（小説）に仕立て上げる——。

同業者の端くれとして断言できるが、これはなまなかなことではない。ここに田中芳樹氏の真の恐ろしさがある。

……とまあ、能書きはこのくらいにしておいて、さて、本書『王子二人』である。

先に文庫解説を読まれる方もいると思うので（私がそうです）、本書の内容は読んでのお楽しみとして、ここで前巻『王都炎上』の簡単なおさらいを。

繁栄を極めていたパルス王国は、蛮族ルシタニアの侵攻と味方の裏切りにより王都を奪われ、父王は敵の手に捕らえられる。辛くも死地を脱した〝主人公〟王子アルスラーンに従うは、わずかに四名半（？）——いずれも一癖も二癖もある魅力的なキャラクターだ。

巻末近く、不気味な雰囲気で物語を支配していた謎の銀仮面の正体がついに明かされる。だが、その事実を告げられた捕らわれの王の哄笑。真実の物語はまだ語られていないのか？　はたまた、古《いにしえ》に滅びたはずの蛇王が今後いったいどう物語に絡んでくるのか……。

ほら、続きを読みたくなったでしょう。

残念ながら、立ち読みするには少々時間がかかる（〝やさしく〟〝ふかく〟〝ゆかい〟に書かれた田中氏の文章を飛ばし読むなんてもったいない。せっかくだから一文一文ゆっくり楽しんだ方が、結局はお得ですよ)。

すぐにこの本を持ってレジに。

もしこれを読んでいるあなたが第一巻を未読なら、あなたはツイている、一巻もまとめてどうぞ（二倍楽しめるとは、なんとうらやましい！）。

＊

この解説を書くにあたって出版社から送られてきた資料によると、『アルスラーン戦記』シリーズのスタートは一九八六年。本書『王子二人』は、

――四半世紀の時を経て、ついに始動した文庫化企画第二弾！

ということである。

四半世紀。

以前からの愛読者にとって「待ちに待った」などという言葉ではとても間に合わない。

その一方で、何の因果かそのあいだに同業者になった身としては、それだけの長い時間を経て、こうしてふたたび新たな読者を獲得できるとは実に驚くべき事態であり、同時に

よだれが出るほどうらやましい話でもある。

折角の機会だ。

ここはひとつ解説書きを口実として、なぜそんなうらやましいことが可能なのかを分析し、かつ〝異能者〟田中芳樹氏の作品づくりの秘訣《ひけつ》を学ばせて（盗ませて？）もらうとしよう。

特徴その一。

再読してまず、すぐに気がつくのは、物語も文章も少しも古びていないということだ。とても四半世紀前に書かれたとは思えない。というか、採《と》れたての魚くらい活《い》きがいい。新鮮である（何も本書が架空の国を舞台にした歴史物語だからではない。いくら架空の国や異世界を舞台にしても、数年も経てば、古臭くて読めなくなる物語はそこかしこにいくらでも転がっている）。

特徴その二。主人公たちはどんな窮地に立たされてもユーモアを失わない。ニヤリと笑うことで状況を相対化し、決して悲壮ぶることがない。

特徴その三。登場人物の一人に「権力者の世辞など信じるのは豚なみの低能だ」とシビレる台詞《せりふ》をさらりと述懐させる抵抗者の視線。かれらは何もたんなる権力者――即ち「猿《さる》山《やま》の大将」になるために戦っているわけではないのだ。

特徴その四。人物や情景を描写する際の文章の長さと句読点、言葉の選び方は……。やめた。

分析ならいくらでもできるが、異能者の秘訣を盗み取り、わがものにすることはやはりどうやってもできそうにない。

結局は、物語と言葉の強度の問題ということになるのだろう。

時間と空間の試練を経て、なお輝きを失わない物語と言葉。それが本物ということだ。となれば、同じ道を後ろからついて歩いても仕方がない。それでは本物になるはずがないのだから。

やはり田中芳樹氏の物語には、同業者としてのスケベ心を封印し、かつて自分がそうであった純然たる読者として向き合うのが一番のようだ。目の前に繰り広げられる物語をそのまま、ワクワクしながら楽しんでいた四半世紀前の自分。バカな学生だったあのころの自分に戻って、もう一度読み返すとしよう。

ん？

何だか楽しくなってきたぞ。

あなたも一緒にどうです？

物語を読む楽しさを保証しますよ。

●一九八七年三月　角川文庫刊
●二〇〇三年二月　カッパ・ノベルス刊（第一巻『王都炎上』との合本）

光文社文庫

王《おう》子《じ》二《ふた》人《り》　アルスラーン戦《せん》記《き》②
著　者　田《た》中《なか》芳《よし》樹《き》

2012年8月20日　初版1刷発行
2015年5月10日　9刷発行

発行者　鈴木広和
印　刷　豊国印刷
製　本　ナショナル製本

発行所　株式会社　光文社
〒112-8011　東京都文京区音羽1-16-6
電話　(03)5395-8149　編集部
8116　書籍販売部
8125　業務部

© Yoshiki Tanaka 2012
落丁本・乱丁本は業務部にご連絡くだされば、お取替えいたします。
ISBN978-4-334-76450-0　Printed in Japan

JCOPY　<（社）出版者著作権管理機構 委託出版物>

本書の無断複写複製（コピー）は著作権法上での例外を除き禁じられています。本書をコピーされる場合は、そのつど事前に、（社）出版者著作権管理機構（☎03-3513-6969、e-mail : info@jcopy.or.jp）の許諾を得てください。

組版　豊国印刷

お願い　光文社文庫をお読みになって、いかがでございましたか。「読後の感想」を編集部あてに、ぜひお送りください。

　このほか光文社文庫では、どんな本をお読みになりましたか。これから、どういう本をご希望ですか。

　どの本も、誤植がないようつとめていますが、もしお気づきの点がございましたら、お教えください。ご職業、ご年齢などもお書きそえいただければ幸いです。当社の規定により本来の目的以外に使用せず、大切に扱わせていただきます。

光文社文庫編集部

本書の電子化は私的使用に限り、著作権法上認められています。ただし代行業者等の第三者による電子データ化及び電子書籍化は、いかなる場合も認められておりません。